老年書生かくありき

同世代との微妙な距離感のなかで

原田國夫

彩流社

目次

はじめに

『老年書生かくありき』は、「団塊の世代」に生まれた一人の生き様、回想である。この団塊の世代という言葉は、元経済企画庁長官で作家・堺屋太一の未来予測小説『団塊の世代』に由来する。戦後の昭和二十二（一九四七）年から昭和二十四（一九四九）年までに生まれたおよそ八百万人の巨大な人口の塊を指して命名されたものである。団塊の世代は、同世代間の激しい競争の中で、わが国の高度経済成長を支え、さまざまな社会現象を生み出し、労働市場、消費と貯蓄、企業経営、社会保障制度等に変革をもたらした世代である。現在この世代に該当する人数は、全国でおよそ六百万人前後と推定されている。

団塊の世代の特徴・特性については多くの方がすでに言及しているところである。概ねその通りであると思うが、本著では、それを踏まえても、なお同世代との間に微妙な距離感があった自分について書いたものである。

同じ団塊の世代といっても、多くは、明治四十年代生まれ・大正生まれ・昭和一桁前半生まれの若い男女を親に持つ。とりわけ、第二次世界大戦の終結に伴い大正時代の若い男性が復員し、一九四〇年代後半に婚姻する男性が増加したことが大きく起因している。したがって、私のように、両親とも明治三十年代生まれはきわめて少なく、その育った環境には微妙な違いがあった。

当初、『老年書生かくありき』にはためらいがあった。

理由の第一は、彩流社・河野社長のご厚意により、この三年の間に「老年書生」の視点から持論をまとめた拙著を三冊発行する幸運に恵まれた。『もの言える老人のための条件』『新・老年書生の境地』『老年書生のこだわり』がそれである。いずれも内容の多くは先達や識者がすでに触れられているもので、私が改めて付加すべき事柄ではないが、私なりの視点で持論をまとめたものである。この三部作ができ上った時点で役目を終えた気がしていたからである。それに体調も崩していた。実際、正月早々から腰痛に苦しみ、起臥寝食ままならず、春の終わりごろまで整形外科と整骨院へ通うという不調な日々が続いていた。いうならば burn out（燃え尽き症候群）状態にあった。なにをするにも手につかず、なにごとも中途半端な状態で投げ出す。一方、無為に過ごしている自分に腹立たしさを覚え、時世に過剰に反応しては批判を繰り返していた。くわえて、よく夢を見るようになっていた。その内容は多彩であるが楽しい夢はなく、なにか問題を抱えて解決できずに焦っている夢、目覚めの悪い夢、疲労の伴う夢であった。

理由の第二は、近親者の逝去である。

春五月、長姉が八十七歳で世を去った。八人兄弟姉妹の末っ子で育った私も七十四歳となり、今や次姉と二人きりになった。無常の世界であると悟ったつもりでも現実は寂寥たる思いであった。

そして、七月には妻の従姉も逝去した。

旧盆が過ぎた頃から自分はこれまでどんな人生を歩み、これから先どのように生きていくのだろうかと漠然に考えるようになった。これまでの来し方に満足感を得ながらも、心の片隅ではこれからどうなるのだろうという不安があった。贅沢な悩みだと他人は言うかもしれないがそんな不安定な日々が続いた。脈絡なく故郷の風景、都会の賑わい、外国の街並みなど、懐かしい風景が現れる。一方で、芭蕉の「旅に病んで夢は枯野をかけめぐる」に似て、無色の世界が飛び込んでくる。

そして、古稀を過ぎてから始まった日刊紙の訃報欄を見る癖が一段と増した。ほぼ毎日、目を通している。どんな人物かではない(訃報欄に載るほどの人物であるから世にいう成功者であるにちがいない)。関心はもっぱら死亡年齢である。

たとえば、八月二十九日付の産経新聞朝刊・訃報欄でいえば、サッカー実況アナウンサーの草分けのK氏は八十八歳、「横浜事件」元再審請求人のKさんは七十四歳、平成五年に日本ファンタジーノベル大賞を受けたS氏は六十二歳、グラフィックデザイナーのS氏は七十三歳、平成三十一年に第五十三回紀伊國屋演劇賞個人賞を受賞した俳優のN氏は八十五歳と、掲載された。

令和元(二〇一九)年の日本人の平均寿命は男性八十一・四一歳、女性八十七・四五歳である。また、いわゆる健康寿命(健康上の問題で日常生活が制限されることなく生活できる期間)は、男性七十二・六八歳、女性七十五・三八歳である。これに照らすと私も鬼籍の受付前に順番待ちして並んでいるといってもおかしくない年齢になっている。令和五年の夏は、異常な暑さが続き、「真夏日」も「猛暑日」の日数も、各地で一八七五年の統計開始以来過去最高を記録した。熱中症で倒れる人も多いだろうから、平均寿命や健康寿命に微妙に影響を及ぼすにちがいない。

こうした無気力と不安の中で、わが生き様をどう記録すべきか悩んでいた。そんな矢先「法政大学卒業五十年記念行事」の案内が届いたのである。

令和五年九月七日、私は、久しぶりに母校、法政大学市ヶ谷キャンパスを訪ねた。「法政大学卒業五十年記念行事」に出席するためである。昭和四十八（一九七三）年三月に卒業して早、五十年の歳月が流れていた。五月に案内状が届き、しばらく出席すべきかどうか迷っていたが、『「法政学」とは何か』という聞き慣れない特別講義があると知り、対面授業（Web受講もできたが）を選び出席を決意した。（「法政学」は、法政を作った先人たちを知り、自身がここで学ぶことの意義を考えてもらうことをねらいとしたもので、教養課程「リベラルアーツ科目」に位置付けられている）。

卒業後、一度だけ母校を訪ねたことがある。平成十二（二〇〇〇）年、今や市ヶ谷キャンパスのランドマークとなった「ボワソナード・タワー」（本学草創期に大きな功績を残したフランス人のボワソナード博士にちなんで命名された地上二十七階・地下四階、高さ一二二・四三メートルの高層建築物）が竣工された年に後輩の熱い誘いで一緒に訪ねている。それ以来であるから二十三年ぶりになる。このときすでに大学紛争で荒れたキャンパスの面影はなく、学部数も増え、それまでの法学部、経済学部、文学部、社会学部、経営学部に加え、世の中の潮流に対応するように国際文化学部、人間環境学部など耳新しい学部が生まれていた。

そして、さらに、二十年余が過ぎて目にしたものは、大きく変貌し成長し続ける大学の姿であった。外濠公園に映え、都会的デザインといわれた五五年館、五八年館は建替えられて今はなく、また、マスプロ教育の象徴であり大学総長団交の場ともなった五一一教室も映像の中で見るのみである。キャンパスの玄関口には大きな開口部を特徴とする富士見ゲートがあり、学生ホール、カフェテリア、売店、多目的ホールなど、授業以外でも活用できる施設を抱き、「立看」で埋め尽くされていたキャンパス中央広場には、大内山校舎(地上八階・地下一階)が建てられ、五十人〜二百人の小・中教室やグローバルラウンジのほか、学部事務課やグローバル教育センターがあり、学生の学びを広くサポートできる態勢・環境に変わっていた。

法政は明治十三(一八八〇)年に設立した百四十四年の歴史を有する伝統校であるが、この五十年の間に、学風も学生の気質も大きく変わった印象を受けた。大学紛争で荒廃した当時からは想像もできないほどに学生たちは自由で伸びやかなキャンパスライフを謳歌しているようだ。女子学生の割合が四〇%を超えたと聞き、そこに「バンカラ大学」のイメージはない。学部数もさらに増えて(キャリアデザイン学部やグローバル教養学部など)進路選択の幅が広がっている。大学院も、「社会に開かれた大学院」を特色として、それぞれの目標に適した教育・研究を行えるよう分野・研究科が細分されている。深化する大学院教育の先には伝統の研究者養成に加え、高度職業人を社会へ、否、世界へ輩出しようとする強い意気込みが伝わってくる。校歌の「進取の気象」を感じさせるものがあった。

午後一時からの受付時刻にまだ時間があったのでＪＲ市ヶ谷駅ビル二階のパスタの店で昼食をとった。記念行事に向かうと思しき人影を探したが見当たらない。やはり、卒業五十年ともなるとそれぞれに事情があり、自由に出歩けないのかもしれない。それに、在学中は長い期間、校舎はロックアウトされ正門は封鎖されていたため自由に構内に立ち入ることができなかった。四年間のうち満足に授業を受けた期間が一年に満たなかったような気がする。だから、ゼミや同好会に入っていた人や麻雀など遊び仲間でもいれば別だが、そうでもなければ心を割って話す友も少なかったはずである。とりわけ、授業料も生活費も自力で工面した苦学生には、おのずから同級生と接する機会も少なかったように思う。卒業式も大学紛争の煽りで、一堂に会することなく、各教室で担任の先生から卒業証書だけ手渡されたのだから「卒業したという」感慨にふけることもなかった。ゆえに、記念行事に出席しないのも無理はないと思った。

法政は、市ヶ谷駅と飯田橋駅のほぼ中間に位置し、いずれも徒歩十分ほどの距離にある。私は、市ヶ谷駅を利用していたのでこの日も市ヶ谷駅で降りて歩いた。外濠公園を通り抜けるのであるが、道なりの風景は思った以上に当時と変わっていなかった。濠に沿った土提の両脇には桜並木が続いている。濠の対岸・外堀通りの風景を見ながら歩いていると、なぜか急に懐かしさが込み上げてきた。

開始の午後二時に三十分早くゲートをくぐり、受付を済ませ会場である外濠校舎六階の大ホールに入ると、予想に反して、すでに大勢の同窓生であふれていた。この大ホールは、薩埵《さった》ホールといい、八百七十人収容でき、講演やコンサートさらにはまた椅子席を可動収納して、オープンスペースとしても活用できるというから、まさに隔世の感である。

この記念行事に招待されていた卒業生は一九七二年度（昭和四十七年九月卒、昭和四十八年三月卒）の卒業生だけではなかった。総長の開会挨拶で知ったのであるが、この三年間コロナ禍の影響で行うことができなかったため、一九六九年度卒から一九七一年度卒までを含む合同記念行事に切り替えたのだという。時期も毎年四月の入学式に併せて行われていたものを第五類に移行したことで秋口に変更したという。どおりで出席者数も多いわけである。ことばを変えれば、会場は団塊の世代からなる高齢者の大集会である。常に社会の制度変革の端緒となった世代であるから「物言う高齢者の大集会」と言い換えても過言でない。

出席者の多くは、一人で出席しているように見えた。仲間と一緒に出席した人たちはにぎやかである。再会を喜んでいる様子が伝わってくる。私の後列に座ったグループは、到着が遅れている仲間と頻繁にスマホで連絡を取り合っている。彼らの話す内容に耳をそばだてると、それぞれに事情を抱えて現在に至っていることがわかる。ある者は、妻の両親を含め親がみな亡くなり子どもたちが独立して家を出て、夫婦二人の生活に戻ったこと、ある者は、緑内障の手術を受けたこと、ある者は、母が亡くなり、（本音は）ホッとしているが、家の整理整頓が手につかないこと、ある者は、運転免許証の返納を考えていることなど、相続、健康への不安を吐露している。

それでも、記念行事に出席できた人は幸せである。頭髪が薄くなった者、白髪がめっきり増えた者、杖をついている者、顔に皺を深く刻んだ者など、皆、一様に年齢を重ね外貌は変わり青壮年の勢いは感じないが、人生の成功者の気象は持っているように見えた。

記念行事は、男女二名の学生の司会で始まった。廣瀬総長の未来を見据えた力強い挨拶があり、竹中校友会長の愛校心あふれる挨拶に感動し、これからも着実に成長していく大学だと確信した。特別講義では、ボアソナードに学んだ無名の若き創立者たちの情熱を知った。弱冠二十代の青年たちの志の高さに感銘し、現代のわれわれの志の低さを恥じた。また、夏目漱石の人脈に連なる安倍能成、内田百閒、和辻哲郎や西田幾多郎の京都学派の哲学者三木清、戸坂潤ら錚々たる学者が教鞭を振るい、リベラリズムの発展に貢献したことの偉大さを改めて知らされた。そして、「法政学」は文学部小林教授のいうように、単なる愛校心を押しつけるものではないし、過去を美化するという人気ねらいの科目でもなく、学生自身が法政で学ぶことの意義を考えるための教養科目であることを知らされた。

最後の校歌斉唱では、学生時代のできごとが走馬灯のようにかけめぐり、こみ上げるものがあった。

記念行事に出席したことで、失いかけていた自信を取り戻せるような気がしてきた。もう少し自身を冷静に見てみよう、なにができ、なにができないのか、自分の特性はなにか、人生の最終コーナーにあって残せるものはなにか、落ち着いて考えてみようと思った。法政大学の草創期から現在までの歴史を知るに及び、微力ながらわが来し方・行く末についても、もう一度見つめてみよう思った。どのような考え、思想、信念の下で生きてきたか記しておくことは、他人はいざ知らず、わが子や孫には参照になるだろうと思った。

　そして、その表現方法についても何が最適か考えてみた。誰かが「他人がどんな人生を送ったかを知る最良の方法はその人の著書（小説など文学書）を読むことである。登場人物とりわけ主人公はその人の心象を表現しているからである」と言っていたことを思い出した。

　顧みればこれまで欧米やロシアの文学作品は、そのスケールの大きさや異国へのあこがれから高校時代にはむさぼるように読んだが、日本文学については著者と作品名は若干知っている程度で内容までは知らない。青年期以降は、文学作品よりも宗教や哲学に関する書を中心に読み、ここ数年は宗教学者の紀野一義の『いのちの風光』『佛との出会い』『大悲風の如く』、亀井勝一郎の『日本人の精神史』、河合隼雄の『昔話と日本人の心』、東郷豊治の『良寛』、文化勲章受章者で数学者・岡潔の『岡潔集第一巻から第五巻』を繰り返し読んできた。また、常岡一郎の『流轉』『運命と心』『たましいと心』は、愛読書として心が折れたときに救いを求めてきた。

　そして、これも、誰かが「近代の日本文学を知るためには明治の文豪である夏目漱石と森鷗外の作品を読むにかぎる」と言っていたことを思い出した。二人の文豪は作風が対極にあるということが理由らしいが、文芸評論家でもない私にわかるわけがないが、その勧めに乗ってみることにした。漱石については、妻の書棚に集英社が昭和四十五年に発行した『漱石文学全集』を見つけた。今から五十三年前に発行された全集（全十巻）で、その装丁は、重厚にして煌びやかである。妻が私と一緒になる前に、職場に出入りの書店の店主に勧められ薄給をやりくりして購入したものである。その第一回配本第一巻が『吾輩は猫である』である。早速読み始めた。当初は、この一冊で終わらせる予定でいた。なぜなら、難解な語句が多く、都度、注解で意味を確認していく。性分としてわからないまま先へ進むことができないため、遅々として進まない。毎日数頁がよいところで、仕事やその他の行事、他人との飲食などがあると数日まったく進まないこともある。読み終えるまでに数か月を要した。ところが読み終えてみると不思議と翌日から挑戦する対象がなくなり、無気力な自分に戻っていることに気づいた。いつの間にか難解な語句に酔いしれ一種の中毒にかかったようなものである。そこで、さらに二、三点読んでみることにした。それが『虞美人草』であり、最後は『坊ちゃん』で、ひとまず終りにした。

　鷗外の作品は、町の古本屋で新潮社から発行されている新潮文庫の中に見つけた。漱石の作品に比べ、短編であるから進度も早いし、語句は難解ではあるが漱石の作品に慣れたせいもあり、それほど苦労せずに読み進むことができた。『舞姫』『阿部一族』『山椒大夫』『高瀬舟』である。八月の中旬、猛暑の続く夏の盛りに読了した。

こうした過程を経て、ようやく『老年書生かくありき』にたどり着いた。それは、団塊の世代に生まれた自身についての回想であるが、同じ団塊の世代にありながら、彼らとの間に微妙な距離感があり、それが何に起因するのかを探るための記憶の再生でもある。

なお、本書を著すにあたっては、その構成と文脈に照らし、一部、既刊の拙著『もの言える老人のための条件』『新・老年書生の境地』及び『老年書生のこだわり』から、記述内容をそのまま転載、あるいは加筆修正して引用した。

I　明治生まれの両親の庇護の下で

1　幼児期

私の両親はともに明治生まれである。父は明治三十二（一八九九年十九世紀最後の年）年、母は明治三十九（一九〇六）年の生まれである。私は父が五十歳、母が四十三歳の時の子で、八人兄弟姉妹の末っ子として昭和二十四（一九四九）年、青森県むつ市に生まれた。父は旧国鉄（現在のＪＲ）の職員であったが、私が生まれて五年後には定年退職して農業を営んでいた。だから、私の記憶の中での父の職業は農業である。元々父の生家は農業を手広く行っていたが、次男の宿命から長男が跡を継ぎ、父は親戚の縁故で首尾よく国鉄に就職、その後結婚して家を出たと聞いている。

父は尋常小学校、母は高等小学校卒である。むずかしい文字は別として簡単な文字を読み書きできる程度の教育は受けていた。母は、時代が進んだこともあり父より二年長く教育を受けたおかげで、多少、漢字交じりの文章を書くことができた。

明治生まれの人、とりわけ田舎にあっては読み書きができればいい方で、読み書きのできない人も結構いた。郵便配達員が郵便はがきを届ける際に、名宛人に「だれだれさんから手紙」といって渡そうとすると、「なんて書いてあるか読んで」とお願いするお年寄りもいた。すると配達員は、本人の面前で、大きな声で書かれた内容を読み上げる。なかには敷地に足を踏み入れると同時に、頼まれもしないのに勝手に読みながら手渡す光景も珍しくなかった。いまどきのプライバシーの保護とか個人情報の保護というにはほど遠い、おおらかな時代であった。

両親が高齢のときに生まれ、それに末っ子ということもあったせいか、可愛がられて育てられた。大きな声で怒鳴られた記憶がない。就学前は、向かいの家に学校を休みがちな四、五歳年長の子がいたが、その子と遊ぶことはあっても、同じ年頃の子と遊ぶことは少なかったように思う。リズムが合わなかったのか、なじめない自分がいた。それよりも一人遊びが好きで、なにか口ずさんでは遊んでいた。そして、両親の畑仕事や田仕事を見るのが好きで、いつも傍にいることが多かった。そこが一番の安住の場所だったのであろう。

父は寡黙で実直な働き者であった。慣れない農作業とはいえ、元来が農家の次男坊であるから農作業を苦にしている風はなく、むしろ、ようやく適職につけたように楽しそうに見えた。日の出とともに田畑に出て、日が沈むまで汗を流した。母は、元は同じ町の漁師の家の長女として生まれたせいか、保守的な父とは反対に革新的で、その性格はカラッとして割り切りが早く、よく隣近所の若いお母さんたちの相談にのり頼りにされていた。また、自分の意見を言える人であったが、父を立て切った人だった。だから、私は幼児期を含め、母から父に対する愚痴を聞かされたことはなかったし、両親が喧嘩をしたのを一度も見たことがない。子どもにとって両親が仲良きことは、最高に心地よいものだった。

家の暮らし向きは他の家に比べれば、恩給があったこともあり恵まれていた方ではなかったかと思う。もの欲しそうに、同じ年頃の子が持っているものを欲しがった記憶がない。むしろ、身の回りにあるものを上手に使って遊んだように記憶している。歩いて十分ほどの所に小学校があった。なにもすることがない日は、小学校まで出かけ、授業風景を窓越しに校庭から眺めていた。女先生はそれを嫌がる風でもなく、かえって微笑んでくれたので、早く小学生になりたいと思っていた。当時、町には保育園や幼稚園はあったが、わざわざ遠くまで通う必要もないと思っていたし、そこは町の子が行く所と思っていた。幼児（早期）教育という言葉すらなかった時代であるから、文字は小学校に入って学ぶものと思っていた。第一、いつも両親がそばいたから日々の保育はそれで足りていた。

童心の世界はのどかである。稲木（稲束などを掛けて乾燥させるために、二、三本の細木を交叉した支柱を二組つくり埋め込み、その上に丸太を乗せたもの。地方によっては「おだがけ」ともいう）に跨り、野良仕事をしている両親、あるいは農繁期になると「結い」で加勢してくれた近所の人たち（「結いっ子」と呼んでいた）に向かって、意味もなく歌を唄い、なにかを滔々と語りかけていた。結いっ子の一人が、「また演説が始まった。今日も機嫌がいいね」と言うと、みんなそれに釣られて笑い出した。つらい農作業の一服の清涼剤となっていたのかもしれない。

　両親は、特別信仰心が厚い方ではなかったが、それでも地区の氏神様の祭りや、歩いて1時間弱はかかる円通寺というお寺にはときどきお参りしていた。円通寺は曹洞宗の寺で斗南藩の藩庁が数か月という短い間であるが置かれた由緒あるお寺である。日本三大霊場の一つ恐山菩提寺の本坊でもある。花まつりの四月、母に連れられて甘茶を飲んだ記憶がある。母は、それ以外にも地区で百万遍があるときは私を連れては大きな長い数珠を回したし、イタコを呼んで口寄せする家があれば隣近所のお母さんたちと一緒に口寄せを聞きに出かけていた。さらには天理教分教会の春と秋の大祭・月次祭には信者さんに誘われてお参りしていた。笛と太鼓の音が今も耳に残っているから不思議である。

　家には神棚と仏壇があり、仏壇には小さな位牌が一つ置かれていた。父は毎朝、両方にガラスコップに水を汲みお供えしていた。なぜ位牌があるのか長い間不思議に思っていた。だいぶ大きくなってから両親から聞かされたのは、最初に生まれた子・長男が、わずか八十日の短命にして亡くなった事実である。大正十三年十月に生まれ大正十四年一月に儚くも消えた命である。事実は、八人兄弟姉妹ではなく、九人兄弟姉妹の末っ子だったのだ。幼心にも両親の悲しみと憐れを感じた思いを記憶している。毎朝、神棚と仏壇に水を汲んで手を合わせたのは、そのことへの贖罪だったのかもしれない。医学が今のように発達していなかった当時は十分な医療を受けることもできず、生まれて一歳の誕生日を迎えることが想像以上に難しかったと聞く。後に家系図を改めてみても、何人かが短命にしてこの世を去っていることがわかる。いま円通寺には父母と五兄（私のすぐ上の七歳上の兄）の遺骨が埋葬されているが、長男の位牌の所在は知らない。

当時の物見遊山といえば、せいぜい春の花見ぐらいであった。そもそも、両親ともに遠くまで足をのばすことのない人だった。父は現在のＪＲ大湊駅に勤務していたこともあり、春の花見ごろ（四月下旬から五月の初旬）になると、「水源地へ行こう」と、連れて行ってくれた。それも毎年ではない。小学校低学年ごろまでは母が、誘ってくれたように思う。他の家の子どもたちが家族揃って出かけるのに、家族で一緒に行けなかったことを不憫に思ったのかもしれない。ただ、幼心に花見は特別楽しいとは思わなかった。なぜかわからないが、他の家の子どもたちの親がおしなべて若く、両親が高齢に見えたのであろうか。

「水源地」とは、大湊水源地水道施設のことで、市のガイドによれば、「石積づくりの日本最古のアーチ式ダムで、一九〇二年から一九一〇年にかけて、旧海軍が軍艦の水を確保するために整備したものです。東北地方で最初に建設された近代水道施設で、歴史的価値と建設技術が非常に高いと評価され、重要文化財の指定を受けています」。両親が子ども時分の、わが国が日露戦争に勝利した前後の建造物である。当時は町民の憩いの場所として、春は桜を、少し遅れてツツジを楽しだ人気スポットである。

鉄道員でありながら遠距離の旅行をあまり好まなかったのも不思議であるが、当時は、職員はもとより職員の扶養家族には全線無料パス（普通列車と急行列車の自由席）が支給されていたので、その気になれば自由に全国どこへでも無料で行けたはずである。あるとき「一番遠くでどこまで行ったことがあるか」尋ねたことがある。すると父は、「仙台」と答えた。それも青森駅から途中の野辺地駅で下車すべきところ寝過ごして気がついたら仙台だったと笑いながら話した。

今年の夏、古いアルバムを見ていたら、昭和二十九年六月一日発行の東北地方自動車事務所長の確認印の押された母の「写真票」が出てきた。縦四センチ、横六センチの少し厚めの紙片で、そこには縦三センチ、横二・四センチの顔写真が貼られ、「家族」と区分され、氏名と年齢が記されていた。母が四十七歳、私が五歳一カ月のときに発行されたものである。

どこかへ旅行するためにパスを申請しその承認を得たものであろうと推理し、亡き長兄が平成六年にまとめた原田家の家系図に照らし合わせてみた。すると次兄が昭和二十九年七月に結婚したことがわかった。次兄の妻は岩手県下閉伊郡川井村の出身で、結婚式も地元で挙げ、そのとき母と長姉の三人で（父はおそらく勤務の都合で出席できなかったのではないか）出席した記憶がある。このパスはそのときに盛岡を経て山田線の陸中川井駅までの乗車に利用したのではないかと思う。この線はトンネルの多い路線であった。今日のように空気清浄機や換気扇がまだ普及していなかった時代である。トンネルが先に見えると「トンネルだ」と私が叫ぶと母と姉は窓を閉め、トンネルを抜けると車窓を開ける。それでも隙間から入った蒸気機関車が吐き出した煙で車内は籠もり青白く霞んでいる。目的駅に着いた頃には着ていた服が煤で汚れていたことを記憶している。

令和五年七月中旬、円通寺にある父母と五兄の眠る墓にお参りした。五月長姉が八十七歳で亡くなり、その納骨の儀を大間の普賢院で執り行うと知らせを受け、その前日に円通寺を訪ねたのである。墓地の入り口で手桶に湧き水を汲む。この地方にはまだ地下水の湧く井戸があり、お寺の境内にもこんこんと湧き出る井戸水がある。夏の盛りにはほどよい冷たさがあり喉ごしにいい。

七月の暑い昼下がりの墓地は訪れる人影もなく静まり返っている。突然、カラスが来訪を告げるように「ガァーガァー」と静寂を破る。黒の御影石でできた墓石は長兄が昭和五十年代半ばに建立したものである。汲んできた水を墓石の頭からかけながら来訪を告げる。子どもたちがみな立派に成長し活躍していること、孫たちがみな志望した中学校や小学校に入り元気に登校していること、妻が長年患っていた喘息がこの四月嘘のように突然消え奇跡的なご守護をいただいたこと、六月には妻の誕生日のお祝いを子どもたちが企画して都内のホテルで開いてくれたこと、そして、最後に私の近況を報告し、末永く私たちを見守ってほしいと祈った。

仮に存命であれば、今年、父は百二十四歳、母は百十七歳である。先日、厚生労働省は、令和五年九月一日時点の住民基本台帳をもとに、国内に住む百歳以上の高齢者の数を公表した。それによると十五日までに百歳以上になった人は、全国で九万二一三九人、昭和四十五年の三百十人から五十三年連続して最多を更新しているという。国内の最高齢者は大阪・柏原市に住む女性で明治四十(一九〇七)年生まれの百十六歳である。男性の最高齢者は明治四十四(一九一一)年生まれの百十一歳である。

この公表を聞き、百十六歳の女性に「明治四十年生まれでよかったね」とつい呟いた。明治三十九年生まれの母は、いわゆる丙午の生まれである。女性が自分の意見をいうのを遠慮していた時代である。なにか意見をいうと、「丙午の女性は気性が激しく夫を不幸にする」という迷信を引き合いに出され、いやな顔をされたと苦笑していた。そして、地区の小学校の校長先生からは「男に生まれたらよかったのになあ」と言われたと嬉しそうに話していた。

母は、既成観念に縛られない人だったのであろう。敗戦濃厚の昭和十九（一九四四）年八月四日、本土決戦に備えて「国民総武装」が閣議決定され、これを受けて女性をはじめとする銃後の国民は竹槍訓練を行うようになったが、母は、地区の婦人会からの要請にも「アメリカの鉄砲に勝てるわけがない、それよりも食糧を確保することが大事」といって畑仕事を優先し、参加しなかったという。当時でいえば非国民であるが、その信念は揺るがなかったようである。明治女の気性とみるべきか、丙午の気性とみるべきか。このＤＮＡは私にも受け継がれているようで誇りに思っている。同世代との間に感じた微妙な距離感もこうした背景・思考が影響したのかもしれない。ただ、今日でも丙午年の誕生は敬遠されているようで、出生数はその前後に比して明らかに低い。迷信とはいえあなどれないものがある。

いま、世界には、日々の食事さえ満足にできず飢餓に苦しんでいる子どもたちが大勢いる。戦後まもなくまだ日本経済がどのように発展していくのか不明の時代に、のびやかな幼児期を送れたことは本当に恵まれたことであった。

しかし、人生は幼児期の幸せな時期をいつまでも続けさせてはくれない。思わぬ五兄の病、近隣紛争のなかで両親の人生は苦渋に満ちたものに流転していく。それは私にも少なからず影響を及ぼす遠因となった。

2　少年期

(1)学ぶ喜び

あこがれの小学校入学は希望に満ちていた。黒の学生服に黒の帽子を被り、黒のランドセルを背負い、隣家の同級生と入学式当日に撮った写真がいまも残ってある。

早く文字を覚えたいという欲求がようやく実現するのである。「文字は小学校に入ってからで十分、なまじ覚えていると先生の話をちゃんと聞かなくなるから」という両親の考えである。だから私も町の子どもたちのように就学前にひらがなを読めるようになりたいとは思っていても我慢してきた。その禁がようやく解禁されたのである。

教室は、五十〜六十人学級で三クラス。大勢の子どもたちであふれていた。担任の先生が出欠をとる。男女別にあいうえお順に名前を読み上げていく。新一年生の「ハイ」の返事は元気がいいから大きく教室にこだまする。呼んで返事がないと、だれか休んだ理由を知らないか尋ねる。すると必ずといっていいくらいに友達のだれかが休んだ理由を知っていてその理由を告げる。先生は納得して次の子の名前を呼んでいく。電話が普及していない時代である。学校への連絡に不自由した時代である。近所の子に欠席の理由を託すことが普通に行われていた時代である。

後に団塊の世代と命名された昭和二十二（一九四七）年、昭和二十三（一九四八）年、昭和二十四（一九四九）年生まれの全国の総人口は約八百万人である。各年約二百七十万人で、なかでも私の生まれた昭和二十四年生まれが一番多い。昭和三十一年四月、わが家の両隣と筋向いからも新一年生が誕生している。百メートルに範囲を広げれば団塊の世代の子どもがいない家の方が少ないくらいである。団塊の世代は、まさに巨大な人口の塊である。

その背景には、戦中から戦後直後にかけて出産を控えていた層が、復興の兆しを感じて出産に踏み切ったこと、なかでも第二次世界大戦の終結に伴って大正生まれの若い男性が戦地から復員し、一九四〇年代後半に結婚する男性が増加したこと、さらに明治四十年代生まれ、昭和一桁前半生まれの若い男女の婚姻急増も大きい。いわゆる第一次ベビーブームの到来である。

学校によっては、既設の教室だけでは収容しきれず、簡易な仮教室を建てたり、音楽教室を普通教室に代えて急場をしのいだと聞いたことがあるが、それが事実であろう。

これに比して、厚生労働省の人口動態統計によれば、令和四（二〇二二）年の出生数は約七十七万人で、初めて八十万人台を割り、合計特殊出生率は一・二六と過去最低を記録したとある。団塊の世代の出生数の三割にも満たない少数である。国の経済力、各種社会制度の維持には一定数の人口が必要とされ、少子高齢化の問題は早くから警鐘されてきたが、その有効策が見いだせないまま今日に至っている。せめて合計特殊出生率が一・五〇になる手立てはないものか、国民の一人として忸怩たる思いでその推移を見守っている。私が育った昭和の時代、それも団塊の世代の生き方の中になにかヒントがあるような気がしてならない。

こうして始まった学校生活は、初めてのことが多くそれがうれしかった。欣喜雀躍。

学校は自宅から約四百メートル、歩いて七~八分のところにあり、田んぼに隣接していた。自宅前の砂利道を歩いて校門から入るのが正しい通学路だとすると、私は、田んぼの畔を歩く近道が好きだった。小川には鮒や泥鰌などの小魚やカエルなどの水中昆虫がいたし、春には空高くヒバリが囀り、秋にはトンボが稲穂の上を飛び交う変化に富んだ通学路だった。田んぼの中には葦の自生した未耕地もあり友達数人で帰るときは、遊び場に変わった。毎日のように新しい遊びが生まれ、時間が経つのを忘れて遊んだ。家の仕事をいいつけられていないときは、日が暮れるまで遊んだ。

学校が好きになること、勉強が好きになることは、担任の先生の包容力に負うところが大きいと思っている。小学一年生の担任に知識偏重の先生は必ずしも適任とは思えない。むしろ、愛情をもって学校生活の不安を取り除いてくれる人、勉強に寄り添い、その進捗を見守ってくれる先生が適任だと思っている。最初にうまく学校生活がスタートすると、その後、苦難に遭遇しても自信を失わずに乗り越えることができるからである。私の場合は、女先生で、卒業したての新米先生だった。適度な緊張感と優しさがあり、父母からも評価が高く人気の先生だった。だから毎日学校へ行くのが楽しく待ち遠しかった。

ところが二、三年次の先生は同じく女先生であったが、ベテランで生活指導も厳しく授業中の私語はもちろん、教室内でのボール投げは厳しく禁じられていた。にもかかわらず、二年生の時、休憩時間中にドッチボールをして誤って鏡を割ってしまった。縦四〇センチ、横三〇センチぐらいの大きさの鏡で柱に掛けてあった。職員室に呼ばれひどく叱られた。そして遊んだ仲間三人で鏡代として一人七十円ずつ弁償させられた。それ以来、先生との関係はぎくしゃくして、学校にいる時間が長く感じられるようになった。

新四年生になり担任の先生が男先生に変わった。その後、卒業まで同じ先生だったこともあり、おかげで折れかかった心も立ち直ることができた。割り切りのいい爽やかな先生だった。勉強が楽しくなりそのうえ放課後の生活ががらりと変わった。

娯楽の少ない時代である。先生方も放課後は時間を持て余しているようで、先生チームと生徒チームで軟式野球の試合を行うようになった。先生と生徒の間の溝が埋まっていく。勝負は先生チームが圧倒的に強いが、本気になって勝負するときの真剣な表情には緊迫感があって一層頼もしく感じた。そして、親しみが湧いてくると、自然と「頑張ろう」という気持ちになった。

また、担任の先生は、田植えが終わり春の運動会が終わると、ねぶたの製作にとりかかった。津軽の出身で、ねぶたが好きで、夏の祭りには、それを子どもたちが曳いて歩くのを楽しみにしていた。子どもたちも櫓の中を覗き込んでは先生を応援していた。中には手伝いをする子もいた。スケールも子どももねぶたというよりは大人のねぶたに近く評判もよく、私たちは自慢げに曳いて歩いた。先生の前では、勉強のできる子もそうでない子もそれぞれに存在感があった。

私の子供時分（昭和二十年代から昭和三十年代）には、身近に必ずガキ大将がいた。同年代の子供たちより少し体格がよくケンカが強いうえに弱い者には優しい頼れる存在だった。仲間が問題を抱えているとその相談相手にもなる。こうしたガキ大将は地区ごとに自然に生まれ、それによって平時は集落全体（子供世界）が均衡を保っていた。そして、仲間がいわれなきいじめにあったりでもしたら、率先して子分を連れて敵（相手の）の陣地へ乗り込んで敵のガキ大将と渡り合った。それでも話し合いが決裂するといよいよケンカに及んだ。それは、国家間の戦争と同じである。ただ、今思うと不思議とケンカをして大けがをした子がいなかった。勝負は、主に木の枝を刀代わりにして打ち合うチャンバラだったが、暗黙のうちに手加減をしていたように思う。

それゆえにガキ大将は、地区で一目置かれる存在であっただけでなく、学校（クラス）においても一目置かれていた。子供同士の争いごとは担任の先生が介入せずともガキ大将が仲裁に入ることですんなりと納まることを知っていたからである。

他方、クラスには必ず優等生がいた。私の体験からいえば、四月から六月までに生まれ子は、翌年一月から三月までの早生まれの子に比べ相対的に勉強ができた。幼少期の数カ月の成長の差は、教科書の理解力、物事の聞き分けや認識力において大きなアドバンテージとなっているから相対的に学力が高くなるのはあたりまえである。従ってそうした子は小学一年生でトップクラスにあると（勉強の面白さも手伝って）そのまま優等生とし高学年に至るのが普通であった。担任の先生は、この優等生を時には自分の授業の代りに先生役をさせたりしたものである。学校の先生は、このガキ大将と優等生を巧みに利用して学級内の平穏を維持したともいえる。そうでなければ一クラス五十名に及ぶ大所帯を束ねることは不可能である。それぞれに役割がはっきりしていてそれに対する仲間からの評価も高かったから、両者への依怙贔屓は許される依怙贔屓であった。そして、なお記憶に残るのは依怙贔屓された者同士が相互共助の関係にあって仲が良かった。勉強ができる子はできない子を教える、ガキ大将は勉強以外の分野（例：野球やバレーボールなど）で存在感を示すことができたのである。

今日、依怙贔屓はいかなる理由があろうとも許されないのが原則である。すぐに「差別」とか「人権侵害」と短絡的に結びつける。しかし、過去のよき前例に学ぶことは多い。情緒ある人材を育成するためにはこうした関係性の醸成も重要ではないかと思っている。

勉強が好きになるきっかけは単純である。私の場合は、第一の理由は、前述のとおりよい先生に恵まれたことである。信頼できる先生で後に他校に異動するまでは中学に進学した後も成績を気にかけてくれたことである。第二の理由は、小学五年のとき、地元青森ラジオの放送番組に出たことである。なんの番組か記憶していないが全校から三名選ばれ、真新しく完成したばかりの他の小学校（形態が円柱状で珍しく、円形校舎と呼ばれた）で収録されたことがある。「選ばれることの快感」がうれしく誇らしく思った。そして、これからも「認められたい」と思うようになったことである。第三の理由は、中学一年の一学期の中間試験で、理科の問題に「塩分濃度の問題」が出た。たまたま両親にせがんで買ってもらった参考書の中に同じ問題があり、それで正解できたのであるが、正解できたのはクラスで私一人だった。町の子どもたちにも解けなかった問題が解けたことがうれしく、自信がついたのである。このことは後述する「競争心の芽生え」で少し詳しく述べたいと思うが、このように、人はそれぞれに単純なきっかけで本気になるものだという一例である。

　昭和三十七（一九六二）年春、中学校へ入学。各学年八クラスからなる地元随一の中学校である。入学前に小学校から中学校までの距離と時間と通学経路を確かめるために、先生に引率されて下見した。六年生全員だから総勢百五十名に及ぶ大行列だ。町の中心からは離れており歩いて三十分はかかる。本道は、コンクリートで舗装されていたが、側道はまだ砂利道ででこぼこ道だ。畑地の間を抜け、新築されたばかりの家々の前を通る。みんなおしゃべりしながら歩くからにぎやかだ。遠足に出かけたようで楽しかった。
　中学生活は、四年前に卒業した姉を受け持った担任の先生がいて、なにかと姉と比較しては声をかけてくれた。前述の「塩分濃度の問題」もあり、先生方には少し贔屓めにみてもらったように思う。新科目の英語は、ＥＳＳ倶楽部に勧誘されて入部したのであまり苦にならなかった。とりわけ国語はお茶ノ水女子大学の国文科を出た先生で、漢字の読み方、覚え方を丁寧に教えていただいた。語彙も自然に豊富になった。いつまでも忘れられない恩師である。

一方、わが人生で唯一悔いが残るとすれば、楽器を演奏できないことである。チャンスは何度かあったが、縁がなかった。楽譜を読めない。中学一年生のときに吹奏楽部に友人がいた。誰もいない音楽教室にクラリネットが無造作に置かれてあったので、吹いてみようと手に取り、吹いてみたが音が全然出ない。たまたま教室の隅に水を張った消火用のバケツがあったので水面ぎりぎりに近づけて空気が出ているか試そうと吹いているところを音楽の先生に見つかった。大目玉をくらった。当時、田舎の中学では高価な楽器である。水に浸けていたずらをしていたことになり、以来、音楽教室は鬼門になってしまった。

ときどき通勤電車の中で楽譜を開きメロディーを口ずさんでいる同世代の人に会うと、なぜか高尚で羨ましく思う。

(2)生活様式の違い

私は、小学高学年になって担任の先生が男先生に変わってことで、学ぶことがより楽しくなり、放課後の過ごし方も充実したものに変わった。

多くの子は、学校が終わるとすぐに家へ帰り、いいつけられた家の手伝いを終えると、外へ出て、家の周りの庭先などで、かくれんぼ、おにごっこ、縄跳び、缶けり、おはじき、など思い思いの遊びをして過ごした。男の子は人数が揃うと、路上でソフトボールをしていたが、昭和三十五年、高度経済成長期を迎える頃になると車の往来が激しくなり、路上での遊びは禁じられるようになった。車が来ると誰かが大きな声で「ストップ！」と叫び試合は中断する。通り過ぎると試合を再開する、の繰り返しである。合間をぬっての危険な遊びをよくしたものだと思う。前述した放課後の先生と生徒の野球の試合は、子どもたちを交通事故から守るための学校の粋な計らいだったのではないと思うことがある。ただ、「危ないから止めろ」ではなく、一緒になってよい方向へと導くための方策だったと考えるのは、うがった見方ともいえなくもないが……。

一方、塾が流行り始めた頃で、町の算盤塾に通う子もいた。が、各家庭にはまだまだゆとりがなかった。そんなとき習字を指導してくれる熱心な先生がいた。もともと学校の授業のなかに「習字」の時間があったこともあり、決まった曜日の放課後になると習字を習う子が多かった。みんな秋に開催される町の書道展に応募できるよう励んでいた。

団塊の世代の親世代は、大正生まれが多く、続いて昭和一桁前半の生まれ、明治四十年代生まれとなる。したがって同級生の多くは大正生まれの親を持ち、昭和生まれの親を持つ同級生もいた。明治生まれの親もいたかもしれないが同じ明治生まれでも、両親とも明治三十年代生まれはいなかったように思う。父兄参観日（当時は父母参観日とはいわなかった）に和服姿で見えた母の出で立ちに、世代（存在感）が違うことを知らされたからである。

他方、明治生まれの両親を持ったことで、小学校も高学年の頃になると、同級生との生活様式との違いを知ることになりその違いに悩んだ。その良さに気づくまではむしろ負い目さえ感じた。昭和三十五年、「もはや戦後ではない」。わが国が高度経済成長期を迎える頃からその違いは一層際立つものになった。

そのいくつかを列挙すると（わが家／同級生宅）

（1）洗面器：赤銅製（重い）／色とりどりのプラスチック製（軽い）
（2）歯磨き：塩か歯磨き粉／チュウブに入った練り歯磨き
（3）調味料：醤油／醤油のほかにソースやケチャップ
（4）音楽を聴く：蓄音機／ステレオ、プレーヤー
（5）燃料：「ざっぱ」（杉を製材して産出される端材）又は薪／石炭か石油
（6）飲料水：掘り抜き井戸水／水道水
（7）カレーライスの食べ方：箸／スプーン
（8）洗濯：盥に水を入れ洗濯板／電気洗濯機
（9）冷蔵：家の外の井戸桝（桶）／冷蔵庫

(10)放送：ラジオ／テレビ

赤銅色の洗面器は重く、使い続けると脂が付着して汚くなる。色鮮やかなプラスチック製が羨ましかった。衛生観念も薄かったからタオルも皆で汚れるまで使い回していた。

学校の健康診断で高学年の頃まで「トラコーマ」と診断されたのはこれが原因であった。

歯磨きは毎日することもなく、汚れるとその都度磨いていたように思う。それもほとんどが塩を指につけて歯茎をこする程度で、歯ブラシも共用していた。その程度の衛生観念であった。飲料水は自宅から五十メートルほど離れた共同の掘り抜き井戸があり、バケツに汲み天秤で担いで（台所の水甕へ）運ぶのであるが、同級生に見られるほど恥ずかしいものはなかった。特に下校時には同級生に見られないようにすばやく終えるよう工夫した。

カレーライスは、わが家では「ライスカレー」といって、父は最後まで箸を器用に使って食べていた。洗濯機も冷蔵庫も随分遅れて購入している。夏の熱い盛りに盥に水を入れ洗濯板で洗濯している母の姿が懐かしい。ＴＶは昭和四十年の購入で数年の遅れがあった。プロレスなどは近所の商店で見せてもらうのだが、これも辛かった。不要な買い物をしてプロレスを見せてもらうことの情なさに憤りさえ感じた。力道山が国民的人気で大活躍をしていた頃で、翌日の同級生との話題に遅れないようにとの心理が働いていたのである。子ども心にもいじらしい。

今にして思えばみんな懐かしいことばかりであるが、当時はこの生活様式の違いを呪ったこともある。唯一の自慢は、自宅にお風呂があったことで、よく隣近所の人がもらい湯に来ていた。今なら、これも不衛生、不潔といって忌避することだろう。

(3)地域社会の階層構成

私が小学校に入学したのは昭和三十一(一九五六)年四月である。周りをみると新一年生には私を含めて四人入学した。道路に面して右隣は精米業を、左隣は広く稲作農を営み、筋向いは運搬業を営んでいた。

人は自分の置かれている境遇にいつ頃から気づくのだろうか。数学者で文化勲章受章者の岡潔氏は、人の生い立ちのなかで、自他の別がわかり、自分の感情、意欲というものを自覚し、時という情緒がわかるようになると、自分の置かれている境遇がわかるようになる。その時期は小学三、四年生ぐらいである(『岡潔集　第五巻』一三六頁、学研社、昭和四十四年)。この見方は、自身の来し方をみてもあてはまるような気がする。身につけている服装や持ち物、おもちゃの種類や数、絵本、煙突から出る煙の色やにおい(石炭とマキでは違いがあり)、それが何に起因するのか気になり始めた。それが小学三、四年生ぐらいである。

私たちは、好むと好まざるとにかかわらず、階層社会にあって(公然とあるいは暗黙のうちに所属させられた)階層に制約されて生活している。小学低学年頃までは、自分に対する処遇・扱いがなぜ他人と違うのか(良い場合も悪い場合も)、それが何に起因しているのかわからないまま過ごしている。それが、段々と知恵がつき知識が増して、いろいろな情報も入ってくると、その違いが何に起因しているかおおよそ想像できるようになる。それが小学三、四年生ぐらいである。

私の故郷は、青森県むつ市である。ここで生まれ地元の高校を卒業するまで育ち、上京するのだが、小学から中学時代を過ごした昭和三十年代、父母の呼称は家・階層（主に経済力）によって違っていた。とりわけ農村部では歴然としていた。階層の明確な定義はない。だから基本的には各家、自由に呼称を変えることはできるのだが、階層を一つ上げることは並大抵なことではなかった。家の経済力が増し暮らし向きが向上し、それを周囲が承認して（暗黙の承認であるが）はじめて可能であった。承認を得ぬまま勝手に変更するものなら地域の笑いものになった。

親は、下位階層から上位階層に向かって以下のように呼ばれていた。

（父の呼称）――（母の呼称）

あや　―　あっぱ

だだ　―　がっか

とっちゃ　―　かっちゃ

とうさん　―　かあさん

おとうさん　―　おかあさん

私たちは、「○○のあや、○○のあっぱ」という具合に呼んでいた。「○○」は「姓」を表す。地元ではなぜか姓と名を続けて呼ぶことは少なく、仮に私であれば「原田國夫」と呼ばれず「原田の國夫」という形で呼ばれていた。家あっての名前という感じで呼ばれていたから、仮に私が悪いことをすれば、原田家の汚名にもなった。

最下層の「あや―あっぱ」は、子どもの目にも、全体にみすぼらしく経済的に困窮していた。子どもは洟たれ上着の袖はいつもピカピカに光っていた。垢がこびりついて何日も風呂に入っていない(そもそも一週間に一度でも入れたらよい方だった)。みんな生きることに精一杯で子どものことまで手が回らなかった。日用品に事欠き、醤油や味噌や油を他家から借りる光景も珍しくなかった。親もまともに学校(当時は尋常小学校)に通っていなかったから、文字を読めない人も多かった。

「だだ―がっか」、「とっちゃ―かっちゃ」は、全般に「あや―あっぱ」よりは暮らし向きは良く、それなりの田畑を所有している農家、会社勤めの傍ら農業を営む兼業農家に多かった。文字の読み書きもある程度でき、世の中の動きについても知っている人が多かった。コミュニケィにおいて発言力も持っていたように思う。

「とうさん―かあさん」は、職業としてはサラリーマンや小売店など商売をしている家に多かった。さらに「おとうさん―おかあさん」となると、地区の有力者の家あるいは農家であれば何町歩も田畑を所有し手広く農業を営む専業農家という具合である。

こうした中で、「だだ―がっか」から「とっちゃ―かっちゃ」へ呼称を変える家庭はときどきあった。例えば、世代が移り、息子が成人して家の働き手が増える。そして収入も増えていく。収入が増えて経済力が増すとなにかと意見をいう機会も増え、発言力が強くなっていく。最初、周囲はそれに対して不快感を露わにするが、次第にその実力を認めせざるを得なくなる。すると次は無視あるいは無関心を決め込むが、ついには渋々黙認するに至る。そして、ある日突然、その家から子どもたちが「とっちゃ、かっちゃ」と誇らしげに呼ぶ声が聞こえるようになる。新しい階層の獲得の瞬間である。やがて一年も経つとその呼称が周囲に定着していく。

それぞれの階層に明確な定義や基準があるわけではないが、その地域における人間関係、力関係を知る上で重要な役割を果たしていたことは事実である。例えば下位層の家庭のもめごとにしばしば、上位層が仲裁に入ることで納まることもしばしばであった。結果的に上位階層は地区の問題解決や調整作用をも担っていたし、上位階層の接する情報源はおしなべて下位階層のそれよりも豊富であった。世の中の動きについても上位階層から下位階層へ伝わっていく傾向があり情報伝達機能を有していた。

このような閉塞的で制限的な階層社会に嫌気がさし、あるいは周囲との軋轢を嫌忌する人の中には、この地から離れ町へ引っ越しする人もいた。呼称からの解放である。町では親の呼称を気にする人はいないし、引っ越し前になんと呼ばれていたか関係ないことだからである。若い層には、農村部では恥ずかしくて使えなかった「パパ、ママ」と呼ばせる家庭も少しずつ増えていった。こうした階層別呼称はやがて、昭和四十年代、各家庭にテレビが普及したこともあって、次第に薄れていった。とりわけ、「あやーあっぱ」「だだーがっか」は嫌われ、完全に消えていった。

ちなみに原田家の呼称は「とっちゃーかっちゃ」であった。父は農家の次男として生まれたが国鉄（現在のＪＲ）に就職し、定年後に不在地主の土地の払下げを受けて農業に従事している。サラリーマン時代の呼称をそのまま使っていたのではないか。耕作規模からすれば一反（三百坪）当たり米五〜六俵しか取れない痩せた田んぼを一町歩（三千坪）と五反（千五百坪）の畑地を耕していた程度であるからごく平均的な農家である。したがって、最初からこの地で生まれ農業を営んでいたと仮定すれば「だだーがっか」の階層に属していたかもしれない。幸い、明治三十二年生まれの父は尋常小学校を出て多少は読み書きができたし、母は高等小学校を出て和裁の技を身に付けていたことも手伝って、「とっちゃーかっちゃ」の階層に身を置くことができたのかもしれない。

この時代、コミュニケィの平穏は、こうした微妙なバランスの上に支えられていたのではないだろうか。多くはこれを受容し、今日のように、これらの呼称が蔑称であるとか、人権に関わるといって目くじらを立てることではなかった。

わが故郷も現在では、どの家庭もほとんどが「お父さんーお母さん」と呼んでいるようで「パパーママ」家庭も増えてきたというが、さすがに「お父様ーお母様」は聞いたことがないと古き友は語った。

以上は、父母の呼称の違いからみた階層の概要である。

この階層別の呼称を身分による分類とみる向きもあるかもしれないが、身分は国家権力によって設定された政治的差別であり、政治的に社会秩序を維持すべく設けられた制度である（「旺文社日本史事典　三訂版」）。これに対して呼称による階層は、その地域社会における相対的地位を主に経済力によって区別したもので、地域社会の中で生きていくための知恵であり有効な方策ではなかったかと想像する。すなわち上位階層者への恭順さは、コミュニティからの隔絶を逃れ、恒常的な生活の安定を保証する社会的機能を有していたということである。そして、地域社会における総合的な序列は、経済力以外にも学歴、職業、職業上の役職・地位、健康状態・病気の有無、容姿、身なり、清潔感、性格、言葉遣い等、多く要因が絡み合って複雑に構成されていたのである。

それでは、自分が所属する階層を知ったとき、人はどのような行動をとるのであろうか。

私は、昭和二十四年四月生まれである。四月生まれは、早生まれ（とりわけ三月生まれ）の子とは約一年の違いがある。知力、状況把握力、理解力、運動能力等全体的にその差は歴然としている。いまでこそ入学前教育は当たり前になっているが、私の時分、特に農村部で幼稚園に通っていた子を知らないし、保育園に預けられていた子も知らない。入学前は親をはじめ祖父母や兄姉が弟妹の世話をして面倒をみるのが普通であった。昭和三十年代の中頃までは弟妹を背負って登校する同級生もいた。皆、貧しかったし、農繁期には人手が足りず、小学校によっては繁忙期を休校にしていたくらいである。

この知力、理解力の差は、小学校低学年、さらには高学年に至るも埋めることがなかなか難しく、それがそのまま成績表（通信簿）となって表れていた。私もその恩恵にあずかった口で、「できる子」として小学時代を終えた。

そして、できる子は、先生の覚えもめでたく近隣や父兄からの評価も高かった。こうした対応が継続的にされると依怙贔屓されている自分、例外的、特別扱いされている自分に気づき始める。同じ生徒なのに周囲の見方や評価や扱われ方が個人によって異なることを知る。誰からも可愛いがられる子もいれば、なぜか疎まれ子もいる。最初のうちは意識しないまでもいつも同様のことが起こると、その原因がなにかを薄々感じるようになる。

友達関係にも変化が生まれ、同じような処遇を受けている子とは親密になり、そうでない子とは距離を置くようになる。遊びの輪も必然的に仲良し同士となり、そうでない子が入ろうとすると露骨に嫌忌する。自分たちが勝手に作った入会基準と排除基準が友達関係を形成していく。差別意識の芽生えである。この差別意識から生まれた優越感は、友達本人に対するだけでなくその家そのものへ派生していく。

結核が不治の病と言われた時代、衛生状態や栄養状態がよくなかったのであろう、集落には必ず一ないし二、結核患者のいる家があった。親たちは、日頃から挨拶を交わすわけでもなく、村八分の対応で、できるだけその家とは関わらないような生活を送っていた。その家の前を通るときは足早に通るように促し、その家の子とは遊ばないようきつく注意した。感染を恐れての防衛策であるが、それは、その集団からの排除であった。子どもたちは、そうした親の態度を見て、同じ階層内にもかかわらず支配─被支配の関係があることを知った。これを善悪の区分にしたがって「悪」と悟るのは、概ね成人してからである。

　以上は、体験を通しての差別意識の芽生えであるが、成長するにつれていろんな面で理不尽な差別が横行していることがわかるようになる。被差別部落出身者への差別、在日韓国人への差別、アイヌの人々への差別、障害者への差別、その他にも、ＨＩＶ感染者・エイズ患者、ハンセン病患者、性的指向・ＬＧＢＴなどへの偏見もまた差別によるものである。

　それでは、差別はどうすればなくせるか。これには良策がないのが現実である。たとえ教育の場できちんと教えたとしても、熾烈な生存競争を前にして優位性が顔を出し、強者が弱者を従える構図は本能的でありそれを打ち消すことができないからである。

　私たちは好むと好まざるとにかかわらず、階層社会の中で生きている。所属する階層も一見固定しているようでいて実際は流動的である。「勝者」と「敗者」を生み出す競争社会は、所属階層が変転する可能性を内包している。差別されていた側が突然差別する側へ変転することがありうるからである。結局、こうした可能性があるかぎり「人間社会から差別は消えない」のである。その階層で生存すること自体が競争であり、「差別」を内包する階層社会は、熾烈な生存競争の社会となる。

「階層による父母の呼称」の話が、いつの間にか、差別の現実社会に及んだが、私たちの日常はなにかと序列をつけるのが好きである。序列化することで、権力を意識し、支配・被支配の関係を確実にしようとする性向がある。それは本能的でもあり優位性の確認でもある。差別を伴う階層社会は、史実であり現実である。教育がそれを否定しても、この性向が変わらぬかぎり隠然と存続していく。

（4）競争心の芽生え

令和五年、スポーツの世界では来年に迫ったフランス・パリでのオリンピック開催ということもあり、その予選大会ともいえるいくつかの大会で世界記録が生まれ国内記録も更新されるなど、日本選手の活躍が目立ち、国民の関心も一段と高まっている。

たとえば、八月にハンガリーのブダペストで開催された陸上世界選手権大会、個人競技では、女子やり投げで世界記録を立てた北口榛花選手、男子三千メートル障害で六位入賞の三浦龍司選手、女子五千メートルで八位の田中希実選手、続いて九月にセルビアのベオグラードで開催されたレスリング世界選手権では女子五十キロ級で金メダルをとった須崎優衣選手などがいる。また、団体競技ではバスケットやサッカーで善戦しているし、オリンピックの競技種目ではないがラグビーワールドカップ二〇二三フランス大会では強豪イングランドを相手に果敢に挑み完敗したものの一瞬リードしたこともあり熱狂させた。そして、昨日千秋楽を迎えた大相撲秋場所は、先場所全休してカド番だった大関貴景勝関が優勝決定戦で平幕の熱海富士を破り十一勝四敗で四度目の優勝を飾っている。大関が立ち合いに受けて立たなかったとする厳しい評価もあるが、勝負の世界の厳しさを目の当たりにした一番であった。素直に困難の状況から脱却しての修練の賜物として喜びたい。

私たちは、好むと好まざるとにかかわらず、競争社会に生きている。競争心の成長の過程は、大きく分類して「競争心の芽生え」→「競争心の向上」→「競争心の成果」の道をたどる。なかでも、競争心の芽生える時期はとても大事な時期で、この旬を逃すとどんな逸材も日の目を見ないまま埋もれてしまうし、逆に旬をしっかり捉えた人はその後の人生を実りある豊かなものにする。この時期の見定めは自分ではなかなか気づかいことが多いので、親や教師など信頼できる人が傍にいて、その時期を示してあげるのがとても有効であると思っている。それは植物を育てる場合、たとえば、美しい花を咲かせようとすれば、土壌を作り、芽吹く時期に合わせて水やりや栄養分を補給するのとよく似ている。

そして、競争心が芽生えると、スポーツであれば、前述の選手には遠く及ばないまでも、身近なライバルとの競争に優位に立ちたいと練習に励み厳しい指導にも耐える。目標をもって挑戦する姿は、過酷にみえてもりりしさを併せもつ魅力あふれる存在になる。この競争心の芽生えは、なにもスポーツに限ったことではなく、勉強やその他のことにも通じる。

それでは、競争心はいつごろから芽生えるのだろうか。前述の岡潔氏によれば五歳になると自他の別がわかるようになり、自分の感情、自分の意欲というものを自覚するようになる、とある。わが身に置き換えても、就学前後のこの時期ではないかと思っている。ほかの子どもより速くかけっこができるようになりたい、文字を早く読めるようになりたい、相撲が強くなりたい、女の子にもてたい、というように自己を意識し始める時期である。

この時期の競争心の芽生えを親や周囲がしっかり受けとめ支えてあげれば、その子は、自分の特性にあった能力を獲得し、開花する方向へ進むようになる。そして現実の競争社会においては困難に立ち向かう耐性力を持つまでに成長する。他方、この時期を看過して芽生えを封じれば他人依存型(言い訳人間)に陥る傾向があると思っている。

世の中には競争することを忌み嫌う人は必ずいるが、競うことが「悪」であるような風潮は好ましいとは思わない。私が小学生の頃(昭和三十年代)は、運動会(とりわけ徒競走)では一等賞をめざし競い合ったものである。前日には道端に咲く〝タンポポの汁を脛に塗り込めば脚が速くなる〟という迷信? を信じて、脚を真っ黄色にして臨んだ級友もいた。物資が不足した時代だから、賞品には普段買えないような鉛筆やノートなどが用意されていて、二等賞、三等賞の順に少しずつ本数や質が落ちていく。「入賞」も立派な勝者であるのだが賞品の差に不満をもち、〝こんな賞品ならいらない〟と思ったりもした。

こうした光景も昭和五十年代に入ると、幼少期から競争心を煽ることの善悪が取り沙汰されるようになって、〝全員一等賞〟とか、〝賞なし〟が普通になってきた。公平性とか平等とか、競争心を抱くことが悪であるような極端な意見が多く聞かれるようになった。

しかし、仮に「競争」の「罪」を説き聞かされ、それを理解したとしても、現実社会には勝者と敗者が生まれる。スタートラインは同じでもいつの間にかバラバラに散り乱れ、先頭を行く者と最後尾では大きな隔たりが生まれる。この現実を甘受し諦観できる世代はせいぜい昭和二十年代生まれまでではないかと思っている。団塊の世代(昭和二十四年生まれ)の私には、競争社会は当たり前であったから、競争で勝つ者がいる一方で負ける者もいて、安易な同情は無用と考えていた。負けて悔しければ歯を食いしばってでも生え上がる。あるいは、自らが得意とする別の土俵で活躍することで活路を見いだす。生存競争は安易な妥協ではなく勝ち負けのはっきりした熾烈な競争であると認識してきた。


競争心が芽生え、それが成長するためには対抗軸をもつのがよいと思う。私の場合、特に中学に入ってからは、その対抗軸は「町の子」であった。運動神経も悪くない方だったから野球やバレーボールなどの球技は好きだったが、特別上手な方ではなかった。ただ、勉強は町の子には負けたくないという競争心に燃えていた。中学に入ってまもない五月の中間試験、理科の「塩分濃度の問題」は前述したように、正解がクラスで一人だった。これがその後の三年間の起爆剤になった。負けてはならないという意識が高じたのである。

私が通った◎◎中学校は、地域では一番大きな中学校で、そこへは町中にあった第一◎◎小学校、第二◎◎小学校、そして農村部にあった第三◎◎小学校の卒業生が主に進学していた。私は、この第三◎◎小学校の卒業生である。第三◎◎小学校は、他の二校に比べ、学力・勉強、スポーツ等全般において劣っていると思われていた。事実、共通の試験等では平均点も低かったようだし、各種スポーツ大会はじめ文化活動（たとえば絵や書道の展覧会での入賞数）においても後塵を拝していた。父兄の中には町に住む人の職業、収入、学歴等の違い、その教育環境が異なる結果だとして憂い、放課後に補習時間を設けることを提唱した人たちもいたが、多くは無関心で、とりわけそれを気に掛けるふうでもなかった。

　こうした風潮は、子どもたちにも表れ、町の子は農村部の子を低くみる傾向があった。また、第三◎◎小学校の子たちも、自分たちは第一や第二にはかなわないと思い込んでいた。それを打ち破るには、勉強にしてもスポーツにしても結果を出さなければならず、そのためにはかなりの努力が求められた。勉強時間や練習時間を家事の手伝いの合間にどのように確保するかである。当時、町にはまだスポーツクラブはなかったが、学習塾がいくつかあって、町の子の中には補習のみならず教科書にそった予習をしている子もいた。女の子の中には英語塾に通う子もいて、それは強敵であった。

　今、思い出しても悔しいことがある。中学に入って、私は習いたてのアルファベットの筆記体で自分の名前をノートやその他の持ち物に書いていた。ある時、クラスの女の子に「Kunio」と筆記体で書いていたつもりが、それでは「くにお」と読めない、「きにお」だといってからかわれた。

「uとn」のつながりがよくわからず「Kinio」と表記していた。このわずかな指摘は私にはショックだった。この汚名を晴らすべく、早速、ＥＳＳクラブに入部した。顧問の女先生はとても優しい先生で、先輩部員も途中の入部を歓迎してくれた。このことがあって、すっかり英語が好きになった。後に漠然と外国へ行ってみたい、外国とかかわりのある仕事につきたいと思ったのもこの時の対応が大きく影響している。

私は幸か不幸か「塩分濃度の問題」以降、同学年の間で気になる存在になったようだ。その年の二学期、早々と生徒会の副会長に立候補することになった。自分から立候補したのではない。第一と第二の小学校に引け目を感じていた第三小学校の出身者が私を担いだのである。投票の結果はかなりの得票で当選した。一年生の二学期で副会長になるのは初めてだといわれた（真偽は知らない）。そして、二年生の二学期には生徒会長に就任した。

在任中、生徒会長の成績が悪くては恥じになるし、みんなの笑いものになると思い、勉強に精を出した。中学校は一年三学期制で、学期ごとに中間試験と期末試験があった。そして、試験が終わるとすぐに、主要五科目（国語、数学、英語、理科、社会）について、成績上位者二十名の氏名が廊下に張られた。私も掲載される常連であったが、同学年の氏名以上に気になる氏名がありその人に関心を持った。その人は私より一年先輩で、先に私のアルファベットの筆記体の綴りを指摘した子のお姉さんだった。彼女は常に全科目でトップクラスに名を連ねていた。目標となり、拍車がかかった。彼女がその後どのような道を歩んだかは知るよしもないが、噂では昭和四十五（一九七〇）年に大阪で開催されたアジア初かつ日本で最初の国際博覧会（通称「大阪万博」）で外国のパビリオンで学生コンパニオンとして活躍したと聞いたことがある。さもありなんと思った。

昭和三十九（一九六四）年といえば、アジアで最初の東京オリンピックの開催を控え、国中、そのムードで盛り上がっていた。全国の小中学校には（高校については知らない）オリンピック出場選手の赤と白のユニホームの見本が展示された。私の通った中学校にも玄関を入ると目の前に展示された。これに呼応するように、中体連（全国中学校体育大会・青森大会）も、熱気を帯び、予選会は厳しい戦いになった。ただ、私には不満が一つあった。前年までは県大会には生徒会長も応援のために前泊して会場（青森市）にかけつけていた。しかし、なぜか、この年だけは見送られた。宿泊すること、青森市という都市へ行けることを楽しみにしていた。それが理由も告げられずに中止になったことに不満が募った。

いろいろ詮索しても理由が思いつかない。ふと一つだけ気になることがあった。前年、生徒会長になったときに私が公約したことの一つに「男子生徒の長髪は禁止する」というものがあった。これを校則の盛り込むことの是非は別として、大方の男子生徒からは歓迎されたが（当時はほとんどが丸刈り、それも私などは五厘刈りとか一分部刈りと短髪であった）一部、町の子や富裕層の子どもには髪を長くしている子もおり、その子たちからは顰蹙を買っていた。私の卑しさは、その中の一人をターゲットにした公約であり正直、動機の不純を感じてはいた。ターゲットにした子は、入学直後は、一緒に下校するほどの仲良し（町の子）だったが、「塩分濃度の問題」以後、次第に距離を置くようになって彼の方から離れていった。その子は最後まで髪を切ることに抵抗して卒業まで長髪で通した。その子の父親は手広く事業をしている町の有力者でＰＴＡでの発言力も強かった。理由を追求する虚しさもあり、三年生の二学期、私は生徒会長への立候補を断念した。そして、この中学から早く抜け出したいと思うようになった。後に職業高校を選択した理由の一つでもある。

「競争心への芽生え」から始まり、「競争心の向上」を経て、「競争心の成果」に結びつけることは思った以上に困難であるが、私たちは誰もが今ある生活以上に豊かな生活を送りたいと思っている。そして、出世や名誉を得たいと願う。それはごく自然の欲求である。

たとえば出世欲について考えてみよう。出世欲とは、より高い地位や権力のある身分になりたいという欲望である。会社勤めをしていれば、同期入社組との競争があり、自然とその中から一歩抜き出たいという欲望を持っている。過度な競争心は疎まれるが、適度な出世欲はモチベーションを高め、仕事にも私生活にも刺激となってより充実した人生を送る要素となる。馴れ合いは、一見競争のない理想の姿に見えるが、現状維持の均衡志向には物足りなさがある。それよりは上昇志向で向き合う方が、結果的に努力が報われなくても価値があると思っている。

こうした状況のなかで、近年、気になる一つに、「若者が出世を望まない」という現象である。背景には、社員の高齢化が進んで平均年齢が上がり、人事が硬直してポストに空きがないことも考えられるが、出世することのメリット（新しい仕事にチャレンジできる）よりもデメリット（残業代がなくなる、仕事の量が増える）の方が大きく、出世しないメリット（慣れた業務をし続けられる、仕事とプライベートの両立がしやすい）がより大きいと考える若者が増えているからだという。「出世を望まない若者」の増加は、上昇志向を持たなくても生活を維持できる程度に国民の生活水準が向上したということもあるだろうが、将来的に世界との競争力において後塵を拝すのではないか心配である。その兆しはアジア諸国の若者との意識の違いに顕著に表れているからである。私の世代からすればまったくもって憂いる現象である。過度な出世欲は捨ててもよいが、適度な出世欲は捨てずに持って欲しい。上昇する自分を見せることは、周囲に夢と希望を与えるのだから。

（5）一労働力としての自覚

昭和三十一（一九五六）年、わが家は、自宅から十一町（およそ一二〇〇メートル）ばかり離れた所にある荒れ地約五反歩（千五百坪）を町から払い受け、開墾して水田に造成した。耕運機など普及していなかった時代だから、まだ家にいた兄たちも加わり一家総出で開墾にあたった。小学一年生だった私も兄たちに交じって手伝いをし、一日の作業を終えると鍬かなにかを担いで家路についた記憶がある。この頃は戦争の惨禍も少しずつ記憶から消え平和であることを実感しながら全国民が力を合わせて国土の再興に取り組み始めた頃である。

わが家にはこの他に田んぼが五反歩、畑が五反歩あった。この地域では平均的な農家である。農業は父が国鉄（現在のＪＲ）を五十五歳で定年退職後に始めているから、少しでも耕作地を増やして生計を立てようとしたのであろう。

　農村部では、子どもが家事の手伝いをするのはあたりまえで、その体力にみ合う家事を手伝っていた。多くの子は学校から帰宅すると、家事の手伝いを済ませ、それから外へ遊びに出た。中には算盤塾に通う子もいたが少数で、多くは立派な労働力として頼りにされていた。農繁期の時（田植え、稲刈りなど）は家族総出で農作業にあたり、学校が休みの日であっても遊ぶこともままならず、朝から手伝いをさせられた。

　私の役目は、小学高学年になると日常使用する水（飲料水や炊事用の水）を五十メートルほど離れた共同の掘り抜き井戸まで汲みに出かけることだった。家には玄関を開けると三畳ほどの土間があり、その右手に茶色の陶器でできた大きな水甕があり、流し台に隣接してあった。水汲みは、天秤棒の両端にバケツを吊るし、甕がいっぱいになるまで数回往復する。その様子を下校帰りの級友によく見られた。それが恥ずかしくてつらかった。しかし、このいやな仕事も中学までで、昭和四十年代に入ると各家庭に市水道が引かれるようになり終わりを告げた。そして、天秤棒で水汲む風景も次第に消えていった。

　掘り抜き井戸の話をすると、小学低学年の頃、自宅から五百メートルほど離れた畑（「西の畑」といった）に出かけていた両親のところへ昼食時になるとやかん（わが家には魔法瓶などなかった）にいっぱい水を汲んで届けた。掘り抜き井戸の水は、夏は冷たく、やかんの外側には水滴がいっぱいついて冷たさを一層引き立てた。両親は私が来るのを待ちかねて到着するやいなや仕事を中断して、「ああー冷たくておいしい」と喜んでくれた。それがまた幼心にうれしく誇らしく思った。

　中学に入り、高校を卒業するまでの六年間は父も六十歳をとうに過ぎていたこともあり、私も農作業の一部を分担するようになった。その頃になると上の兄たちも家を出て別の仕事に就いていたので、家族はすぐ上の姉と私の4人となり、さらに高校生になる姉も遠くへ就職したこともありほとんど三人家族になった。当時の六十歳は今と違い高齢である。農業は多くはまだ力仕事に依存していたから、若い私は十分に労働力として頼りにされた。

　稲作については父の作業を見て一通り覚えた。苗床を作ることはできなかったが、それ以外の、田んぼの代かき、田植え、水やり、田の草取り、稲の刈り入れ、おだがけ、脱穀その他関連する作業は六年のうちにおおよそ覚えた。また、農閑期になる冬、二月頃になり雪の表面が固くなると（「固雪」といった）、客土といって自宅の畑の土を橇に乗せて田んぼまで運搬した。父が前で橇を引き私が後ろから橇の尻を押す。田んぼはこの時期は他人の田んぼの上も自由に往来できたから最短で運搬することができた。馬を飼っている家は馬橇で一度に多くの客土を運搬することができたが、わが家はただ人力に頼るしかなかった。客土は、連作で痩せ衰えた田んぼの土壌に栄養分のある畑の土や山の土を加えて地力をつけるもので数年ごとに行っていた。また、肥料を作るために精米後に出る籾殻を円錐状に盛り上げ、中心に煙突を差し（排煙のため）焼いた。全体が黒く焼きあがるには時間がかかった。楽しみもあり、籾の中にジャガイモを入れておくと焼き芋ができあがりおやつに食べた。おいしかった。春になると黒くなった籾殻を肥料として田んぼに撒いたことを覚えている。

一方、畑作については、あまり記憶がないが、キャベツなど野菜についた害虫の駆除や草取りをしたことは覚えている。なかでもナスにはてんとう虫がよくついて葉っぱは穴だらけ、駆除剤を最低限しか使わなかったから、その分人手がかかった。取ったてんとう虫は牛乳瓶に入れて、たくさん取れたことを両親に見せては自慢していた。指先が黄金色に染まり独特の匂いがついても平気だった。ただ高く成長したトウモロコシ畑の草取りは思った以上にきつい仕事だった。最もいやだったのは、「かます」（筵を二つ折にした袋）にジャガイモを入れ、それを農業用水路（きれいな川の水ではなく、汚れて少し淀んだような堰の水）に入れて発酵され、ある程度発酵した段階で町にあるでんぷん工場へ運ぶ作業だった。でんぷん工場は町のはずれに一軒あるのみで、自宅から三キロほどの距離にあった。町の中心を通り抜けるのが最短だったから人通りの多い町中をリヤカーを引いて母と一緒に行くのである。先の水汲みは近所だけの恥ずかしさであったが、でんぷん工場行きは、いうならば市中引き回しのようで、多くの中学生に見られた。いやしくも中学の生徒会長の身分でわが身を晒すことは本当に辛かった。視線が合わないよう、うつむきかげんに下を見ながら引いた。そうしたわが心情を知ってか知らぬか母は泰然としていた。途中で知人に会えば挨拶を交し、近況を確かめあっていた。明治三十年代生まれの強靭さ、生きることの現実をしっかりと受け止め自分の生き方に自信をもっているように見えた。

いまも、当時の夢を見ることがよくある。苗代を作り田植えの準備をする父の姿、近所の手を借りて家族総出で田植えをしている風景、苗束を田植えする人の前方に投げ入れる自分の姿、収穫の秋に脱穀機を踏んでいる父の姿、小昼(「こびり」と言った)に助っ人の人たちとにぎやかに談笑している風景、学校から帰宅して「ちゃぺ、ちゃぺ」と呼ぶと、はるか百メートルも先から「にゃ〜ん」と嬉しそうな鳴き声を上げながら飛び込んでくる飼い猫の姿、鶏小屋から生みたての卵を集めていると雌鶏たちが一斉にガァガァと騒ぎたて抵抗する姿など、何の脈絡のないままに際限なく当時の情景が夢に出てくる。

農作業は厳しい一面、人間関係について学ぶ場でもあった。とりわけ、田んぼの水やりは農家にとっては死活問題であったから、大人たちは、私が子どもであっても容赦しなかった。したがって、大人たちとしっかり渡り合うためには、要領を得た作戦が求められたし、良好な人間関係を築くための知恵も求められた。

田植えの時期が近づくと、田を起こし、代をかき、田んぼに水を引く。水が豊富にあれば世に「水争い」はなくなるのだが、雨の時期に雨が降らず貯水池に水がないと、水の争奪戦が始まる。限られた資源は、その集落だけでなく隣の集落と共同で利用している場合もあり、そうなると集落間で争奪が始まる。暗闇に紛れて水路を自分たちの集落の方向へと向ける、あるいは水量を横板で調整するのだが横板を一枚重ねるかあるいは取り除くかで送水される水量は大きく変わる。村の集落の青年たちは夜通しでその監視にあたる。屈強な男衆は相手の不正を逃さないように配置につく。調整がつかない場合は殴り合いになったと聞く(私は見たことがない)。昭和三十年代の中頃に新しい河川ができたことで、貯水池からの争奪はなくなった。そして、農業用水路(「堰」といった)に豊富に水が流れるようになると、足踏み水車で揚水するつらい仕事もなくなった。

ただ、家から遠い開墾した田んぼは事情が違っていた。ここは傾斜地になっていて、上から下へ水を張っていくのであるが、その水張りは私の仕事だった。困難なことは、堰から上の田んぼの受水口まで水を引くには数軒の田んぼの所有者との調整と駆け引きが必要だった。目を離している隙に板かなにかで塞がれるとその人の田んぼに水が行ってしまうおそれがあった。そこで水が全体にいきわたるまで受水口の側にミカン箱をおいて座り、離れないようにしていた。こうしていると中学生の子どもであっても大人も理不尽なことはできないから、次第に仲間になっていくのである。

五反歩に満遍なく水を張るには時間を要した。この時間は私にとっては暗記ものの教科、たとえば、社会の歴史年表や英語の単語の勉強には格好の勉強の場所になった。成績が落ちて「家の手伝いが忙しい」では言い訳にならないし、「町の子」に負けないためにも勉強の時間を割く必要があった。おかげで、歴史年表は数字をそのまま記憶できた。多くの人が語呂合わせで覚えるような(たとえば「鎌倉幕府の成立は一《い》一《い》九《く》二《に》年」)迂遠な暗記は不要だった。また、英語の発音も、周りに人がいないので恥ずかしがらずに「アメリカ人になったような気分で」声を出して練習できた。なにが功を奏するかわからないものである。

そうした懐かしい情景の中でも一番の思い出は、田んぼの畔《くろ》を歩いている姿である。遠くに（下北半島で一番高い）釜臥山（八七八・二一メートル）を眺めながら詩人気取りにゆっくりと歩いている姿である。田んぼの畔は、私にとって学びの場であった。春、畔の色が枯草の黄から新緑に変わる頃、ひばりが囀る。声はすれども姿が見えない。唱歌そのままの情景がある。声の方角へ目を凝らし羽ばたきながら甲高く鳴く姿を見つけては妙にうれしくなった。他方、冬眠から目を覚ました蛇が日光浴しているところに出くわすことがある。瞬時に飛び跳ね難を逃れる。夏、田んぼの稲が穂をつけて膨潤になっていく。シオカラトンボが稲穂の周りを巡回する。秋、収穫の時期を待ちかねる農家の人々の賑やかな語らいが聞こえてくる。冬、静まり返った雪化粧の下で田んぼの畔だけはその盛り上がりですぐにわかる。イタチや野ウサギの足跡を見つけては喜んだ。

中学時代と高校時代は悩み多き多感な時期である。「月日は百代の過客にして、行かふ年も又旅人也、舟の上に生涯をうかべ、……片雲の風にさそはれて、漂泊の思ひやまず……」など、芭蕉の句を諳んじては、旅人気取りで人生とは何ぞやと自問した。

（6）両親の苦渋——①隣家とのトラブル

一年のうちで晴れて爽やかな日は何日ぐらいあるのだろうかと思うことがある。暑からず寒からず汗もかかずに快適に過ごせる日、空は青く澄み風がそよと吹くそんな日。今年のように九月が終わろうとしているときに、まだ真夏日がある年は異常であるが、私は感覚的には六十日、二カ月ぐらいではないかと思っている。

人の世もまた、平和で平穏な年月は意外と少ないように思う。誰もがなんらかの事情を抱え、苦しみ悩み、浮き沈みを繰り返しながら生きているからである。

順風満帆な人生は、味気なくつまらないという人も中にはいるが、脚色が多すぎてもただ疲労困憊するだけである。刺激のある人生は、理想的かもしれないが渦中にあるときは狼狽し、平常心を失い紛争にいたることもある。そしてそれまでに培われてきた功績、信頼関係、友人関係、栄誉を一瞬にして失ってしまうこともまれではない。

わが少年期を振り返れば、わが家は、父は、実直で働き者、陽が昇ると同時に起床し、陽が沈むまで働いた人で温厚な性格の人だった。一方、母は、さっぱりとして後に引きずらない気性で、近所の若いお母さんがたの頼れる存在であった。両親とも明治生まれの気質を受け継ぐ「真面目」「勤勉」「努力家」であったから、近隣関係は良好で互いに助け合う関係にあった。互いに他人の家の台所事情や抱えている問題は知っていたから関係が悪化するようなことはできるだけ避けたし、それが原因で大喧嘩をしたり、訴訟沙汰になるということはなかった。大人がそうだから、子どもたちもみんな仲良しだった。いつも一緒に遊び仲間外れにしたり、されたりということもなかった。

しかし、そうした平穏な日々に異変が起こったのは昭和三十年代の中頃である。昭和三十五（一九六〇）年、首相に就任した池田勇人が打ち出したのが国民所得倍増計画で、翌年四月期からの十年間に実質国民総生産を二十六兆円までに倍増させるというものであった。そのころ日本はすでに高度経済成長期「昭和三十一（一九五六）年四月から昭和四十八（一九七三）年十一月頃まで」にあり驚異的成長を遂げつつあったが、この国民所得倍増計画によって、成長体制がいよいよ整備されたのである。父が町から荒地の払い下げを受け開墾して田んぼを造成した時期は、まさに昭和三十一年である。日本が高度経済成長に向けて走り出した時期に呼応する。

戦後の食糧難は、深刻をきわめていた。日本人の主食となる米については、食糧管理制度のもとその買取価格は、「政府の固定価格」とされていたために、米農家は、本来供出すべき米の一部を高値で買い取る闇業者に流し、市場にはヤミ米が横行していた。現にわが家にあっても、収穫した米の一部を供出に回さず、ヤミ業者に渡していたことを知っている。ヤミ米の買い取りには、日が沈み暗くなってから闇に隠れるように中年のおばさんが現れた。固定価格の何倍かは知らないが少なくとも一・五倍ぐらいはしたように思う。一回に一俵（六十キロ）渡していた。それが何日か間隔を開けて二、三度。おばさんは小さな体で重い俵をいとも簡単に担ぎ上げ去っていった。父は「高く売れた」と頬を緩めていたことを覚えている。

＊昭和三十六年の一俵の固定価格は四二八九円であったが、それをヤミでは六千円超で買い取っていたと記憶している。したがって市場での売価は七千円をはるかに超えていたのではないだろうか。

一方では、ヤミ米を食べることを拒否し、頑なに法律を守り、配給のみで生活しようとして餓死した山口良忠裁判官の話は有名である。この緊急事態にあっても緊急避難的行為ができなかったのかと訝るも、それが裁判官の矜持だとすれば、だれもその判断を非難することはできない。

加えて東北地方では、たびたび「やませ」（夏、特に三陸地方から吹く冷湿な北東風）による冷害に悩まされてきた。その結果、生産量も供出米も減少し、市場価格が高騰した。アメリカ合衆国による食料支援も食料不足の根本的解決にはいたらず、配給の遅配が相次ぐ事態となっていた。都市部では欠食児童も多く、餓死者がでるありさまだった。

こうした惨状のなかでの国民所得倍増計画である。米農家は安心して（ヤミ取引をしなくても買取価格が上がることにより生活がより安定する）米の増産に専念できると踏んだ。わが家が荒地を開墾して新田を造成したように、みな競争して米の増産に取り組んだ。

それは、国民の生活向上のための良策ではあったが、増産することによる負の影響をわが家が受けるとはまったく予想外のことであった。

生家と隣家の間には幅四メートルほどの農道が通っており、田んぼへ向かう人たちの通り道になっていた。隣家はこの地区に一軒ある精米所を営んでいた。敷地内には大きな倉庫があり、地区有数のお金持ちであった。両親は私の両親よりは若かったからおそらく大正の生まれではないかと思うが、子どもが数人いて、その末っ子が私と同じ年で、同じ小学校に通っていた。学校から帰ると精米所のなかで遊んでは「危ない」とよく叱れた。

精米所内には、籾殻を剥離し精米にする機械類があり、動力モーターとの間はベルトで連結されていた。特にベルトは剥き出しのままカヴァーもかかっていなかったから、従業員が誤ってそのベルトに挟まれ大けがをする事故も何度かあった。それだけに子どもたちが精米所内で遊ぶことは固く禁じられていたのだが、稼働していない時間を見計らってはかくれんぼなどして遊んだ。特に天候の悪い日は格好の遊び場だった。

　精米は、籾のついた米粒から籾殻をはがして玄米にし、さらに玄米をついて白米にするもので、その過程で籾殻が取り除かれ、次に糠（皮や胚のこまかい粉）が副産物として生成される。糠は糠味噌や家具の光沢出しなどに利用方法もあったが、籾殻は利用方法もなく、排出ダクトから出た籾殻は農道沿いの建屋に集められ、一杯なるとどこかへ運んで廃棄されていた。ところが米の生産量が増えて、精米する量が増えるとこの施設だけでは収容しきれなくなり、建屋からはみだした籾殻が農道にまではみ出すようになった。田んぼへ向かう人の通行や農機具等の運搬の妨げになった。さらに困ったことは籾殻を剥離するときに発生する粉塵がわが家の中にまで入り込んで、家の中がいつも粉塵で汚れるようになった。当時は精度の高い集塵装置があるわけではないから、ビニールで建屋を覆う程度ではまったく効き目はないに等しかった。母は、日に何度も雑巾がけをしては苦情をいうようになった。当時は家の前を通っていた車道も舗装されずに砂利道だったので、車の往来があるたびに砂埃が家の中に入った。このことで家の中はいつもざらざらしていた。

　また、農道にはみでた籾殻は風が吹くと煽られ自宅の畑にまで飛来して植えてあった野菜や果物に付着する。雨が降るものなら簡単に洗い流せないほどにこびりつき始末が悪い。

ある日、あの温厚な父は、いよいよがまんできなくなって隣家に籾殻の適切な排除と集塵装置をつけるよう苦情を言いに行った。相手はこの地区有数の金持ちである。片や、わが家は恩給が多少あるにせよ地区の平均的農家である。それも定年退職後に農業を始めた新参者である。あえて有利な点を挙げれば、相手よりも年長で、それも明治三十年代生まれの気骨のある人物だったということであろうか。苦情を言われると相手も平身低頭の対応であったから、その場は収まるが、粉塵の量は、米の収穫期のみならず年間を通じて増えていった。

両家のもめごとは、所詮、他人事であるから、集落の人にとってはどうでもよいこと、娯楽の少ない集落の人にとっては、エスカレートすればするほど、その行方が楽しみなぐらいで関心は薄かった。今日のように町の行政に訴えるにしても窓口はなし、集落の人の中にも理解者はいたが、それはごく少数で、本音を言えば集落での居ずまいが悪くなる。だから言葉には出さない。多くは、戦後の困窮状態から抜け出すためには多少の犠牲はつきものだとか、それぐらいの不便や被害は受忍の範囲であり大目にみるべきだ、というものだった。

父は、この問題は隣家とわが家の問題であるとして、近所の人を巻き込むことを嫌っていた。巻き込めばその人たちに迷惑がかかると思っていた。だから唯一の理解者である母の支えがあればそれでよかった。また、大人の問題であって子どもには関係ないと考えて隣家の子どもと遊ぶことを禁じるようなことも一切言わなかった。子ども同士が仲良しだっただけに悩んだことであろう。

父の孤軍奮闘は、なんら有効な対策を講じられることもなく、その後数年続いた。そのうち専業農家のなかには隣家の精米所の値段が高いといって自前で精米機械を揃える者が現れた。また、昭和四十年代に入ると次第に米余りの問題が報じられるようになった。若い世代ではパン食を好む者も増え米離れが進んでいたから小麦の消費が増える一方で米の消費が伸び悩む傾向が出始めていた。数年後、政府がとった減反政策は、米作農家の作付面積の削減を要求するものであった。籾殻の排出量が年々減り、自然にこの問題は霧消と化した。家の前の車道も砂利道からコンクリート舗装に変わり、さらにアスファルト舗装に変わり砂埃も消えた。

あるとき、父は酒を飲みながら、自身が尋常小学校に通っていた頃の話をしたことがある。父の生家は地区有数の農家で、何人か手伝いさんもいたらしいが、小さい子どもたちも立派な労働力として頼りにされていた。父の役割は草や芝を刈ることで手には鎌を持つことが多かった。村に年上の意地悪なガキ大将がいて、村の子たちをいじめては力を誇示していたらしい。あるとき、父に難癖をつけ喧嘩になった。劣勢にある父は咄嗟に鎌で相手に切りかかり脛に傷を負わせてしまった。帰宅後、父親にきつく叱られることを覚悟してガキ大将を傷つけたことを話した。ところが意外にも、それを聞いた両親や祖母は、「よくやった」とほめてくれたというのである。子どものいる近隣の親たちもみなこのガキ大将のふるまいを憎く思っていたが手を出せずにいたのである。この事件は、近隣の親たちにとっても溜飲が下がる思いであったのだろう。実際、それ以来、ガキ大将によるいじめがなくなったという。そんな少年時代の自慢話であった。

傍で孤軍奮闘している父の姿を見てきた私は、隣家の仲良し友達とこれまでのように接することは父に申し訳ないと思うようになった。そして、迷わず、友達との関係を切ることにした。隣家に行くことはしないと決めた。ただ、困ったことは、当時すでに東京にいた兄からときどき電話があった。電話が普及していない時代である。わが家の周囲で電話がある家は隣家だけで、そこへ事情を知らない兄が急ぎの場合に、電話口に呼び出してもらうよう頼むのである。隣家の嫁さんはそれをいやな顔一つしないで呼びに来てくれるのである。母が、何度も恐縮しては頭を下げながら隣家に走り電話口に出る。小学生の私からみても「持たぬ者の屈辱」を感じる瞬間だった。兄と隣家の（私と仲良しの子以外の）子どもたちとは、親のもめごとに関係なく交流していた。まことに皮肉なことであった。

あれほど一緒に仲良く遊んだ隣家の子とは、それ以来、一緒に通学することもなく、中学に入学してからもクラスが同じでなかったこと、さらに高校は私が工業高校を選んだこともあり、一切交流することなく現在に至っている。風の噂に高校卒業後地元の近くで飲食店を開業したと聞いたが、詳しくは知らない。

私は、父の行動は個人が生活を守るために一人で立ち向かった「公害」闘争ではないかと思っている。それも相手が巨大な企業や組織ではなく、小規模事業者であるが相対的に「経済力」のある近隣に対して、その私的法益を守るために戦った近隣問題の草分け的な存在だったのではないかと思っている。周囲の冷たい視線の中で一人、強固に意志を貫き通すことがどれだけつらく悲しいものだったか。その行動に敬意を表したいと思う。

日本における公害問題の端緒は明治時代に遡るが、昭和三十年代に入って国民の耳目を集め、その窮状を知らされたものに、昭和三十一（一九五六）年熊本県の水俣湾沿岸で発生した水俣病がある。当時地域に存在していたチッソ工場からメチル水銀化合物（有機水銀）が、水俣湾でとれた魚介類を食したことで人の体内に取り込まれ、周辺住民が中毒系の中枢神経疾患（手足の痺れ、体の震え、言語障害など）を発症した。母が幼い女児を風呂に入れている様子の写真は国民に大きな衝撃を与えた。にもかかわらず、チッソ側は因果関係を否定し続けた。その工場で働き生計を立てていた住民も多く、真実を語ることを拒んだことは、わが家と隣家のもめごとにも通じ、自身の生活を守るためには触れたくない出来事だったのであろう。

多くの死者を出し、また生きながらえた人にも重い後遺症を残した水俣病問題は今なお係争中である。水俣病の認定基準である「対象地域」「年齢」「受付期間」という線引きから弾かれた被害者約千八百人が国などを訴えた「水俣病特措法訴訟」集団四訴訟のうち、大阪訴訟の初判決が九月に大阪地裁であり、地裁は全員を水俣病と認定し、ほぼ全面的に訴えを受け入れて国などに賠償を命じたが、なお係争中である。社会的弱者の救済にはとてつもなく無駄な時間がかかるものである。

隣家とのもめごとが起きた昭和三十五年頃から昭和四十七年頃にかけて、三重県四日市を中心に発生した集団喘息障害は、「四日市ぜんそく」といわれ、政府を巻き込んだ社会問題となり、その後の日本各地における公害反対運動に大きな影響を与えたといわれている。当時、四日市には日本初の大々的な石油コンビナートが建設され稼働していたが、工場から排出する大量の亜硫酸ガス（硫酸ミスト）により、多くの地域住民が呼吸器疾患（気管支炎、気管支喘息、肺気腫など）の症状に悩まさるようになったのである。ここでも生産性の向上が優先されて弱者の救済は後回しにされたのであるが、経済の復興が少数の犠牲者のもとで行われてもそれは必要悪であるとする多くの国民の認識にあったことも事実であろう。比較衡量の問題でありどちらを選ぶか、国民に大きな課題を残した公害問題である。このことを知ってか知らずか、父が起こした隣家との数年にわたる闘争は意義ある先駆けだったと思っている。

公害問題等が認識されるようになって、個人が行政等に生活上の問題について苦情（相隣トラブル）を申し立てるようになったのは昭和五十年代に入ってからと認識している。

この点でも父の起こした闘争は少し時代の先を行った勇気ある行動だったと思っている。

大学の講義で「日照権」なる権利があることを初めて知った。日常生活のなかで良好な日当たりを確保して生活する権利をいい、その法的根拠は憲法十三条の幸福追求権、あるいは憲法二十五条の生存権だと知った。田舎で育った身ではそうした都市部での問題は聞いたことがないからその不便さを理解することができなかった。そして、生活を脅かすものには日照権のほかに、風害、騒音、振動、眺望権、異臭、粉塵、埃、砂埃など、広範に存在することを知った。近隣トラブルは時代とともに多様でかつ複合して近年ますます増加の傾向にあることはまことに憂いることである。

（7）両親の苦渋——②兄の蓄膿症手術を悔やむ

「神経が細かく気の利く優しい子だった」。母はよくそう言って亡き五兄のことを懐かしんだ。五兄は私のすぐ上の兄であるが年は七歳離れていた。若くして病に倒れ、入退院を繰り返し弱冠四十一歳で生涯を閉じた人である。兄は原田家の因縁を一身に背負った人だったのであろう。

兄は、中学生三年生の頃、町の病院で蓄膿症の手術を受けた。若い時に父が同じく蓄膿症の手術をして快癒したこともあり、いつも鼻をグスグスしている兄を案じて手術を勧めたのである。ところが、手術の結果が思わしくなく、まもなくして小柄だった兄の身長が急に伸び始めた。高校に入学する頃にはさらに身長も体重も増え、いわゆる巨人症と診断された。今日では、おそらく医療過誤の問題として手術を施した医師や病院を訴えるところであるが、当時は医師の信頼は厚く「医療過誤」という言葉もなかった時代である。

ただ、巷では、蓄膿症手術の失敗が原因で脳下垂体がやられ、成長ホルモンの分泌が過剰になった結果だと噂された。手術を勧めた父の判断を責めることはできない。自身の体験から子の健康を思い「よし」と判断しての決断だったのだから。しかし、この手術を境にして兄の人生は長い闘病生活に入るのである。

兄の噂をどこで聞きつけたか、しばらくするとわが家の前の道路に当時では珍しい黒塗りの乗用車が何台も並ぶようになった。それも一度や二度ではない。なにも知らない私は小学校からの帰りにその黒塗りの車を見ては、誇らしく思ったほどである。青森県はいまもそうであるが（？）相撲の盛んな県で、横綱を輩出しており、当時は鏡里関が横綱だったと記憶している。黒塗りの車は相撲部屋から親方衆が入門勧誘のためにわが家を訪問していたのである。

両親は、兄の体は病気が原因で大きくなったこと、小さい頃から運動能力は高くなく気が弱いから相撲のような勝負ごとには向いていないと断った。しかし、病気は東京には偉いお医者さんがいるからそこで治療すればかならず治るし、気の弱さは稽古によって克服できるからと繰り返し説得された、と聞いた。事情を知らない人からみれば、その体躯を逸材と見たのも不思議ではない。身長は二メートルを超え、手は野球のグローブぐらいに大きく、靴は町の靴屋さんに特注した三十センチの靴を履いていた。顔は大きく口唇も厚くなっていたから、突然目の前に現れたらその巨体にだれもが驚いた。

異様な外見を衆人に晒すことはどれほど苦痛なことか、不運のどん底に落ちた心境は本人しかわかるまい。兄は甘いものが好きで（というよりは甘いものを体が要求するようで）台所にある砂糖壺から砂糖を直に食べるようになった。一晩に五百グラム入りの袋が空っぽになるほどの異常さである。それに気づいた母が壺を隠すのだが効果はなかった。またご飯の食べる量が半端でなく、一人で一回に五合ぐらいは平気で食べた。「米がいくらあっても足りない」と母がこぼしていた。その頃からすでに糖尿病の病魔にとりつかれていたのであろう。現在のように有効な治療薬もなく、「ぜいたく病」といわれ、医者からは甘いものをできるだけ控えるようにと食事療法を勧められていた。食卓には豆腐を製造する際にできる「卯の花」（豆腐のしぼりかす。東京では「おから」というが、郷里では「きらず」といった)がいつも皿に盛って出された。

高校を卒業しても定職に就くこともかなわず、自宅にいては農業の手伝いをした時期もあったが、仕事を世話する人がいて、しばらくの間パン屋さんで学校給食用のパンの配達の仕事に就いたことがある。しかし、食事療法中にパン屋さんの仕事は鬼門である。それをみかねた知人が郵便配達員の仕事を世話してくれた。この仕事は遠くまで配達して歩くので運動療法も兼ねることができその副次効果に期待がもたれた。しかし、病魔は着実に体を壊し始めていた。しばらくして、視力が落ちてきた。合併症の始まりである。下肢の感覚も鈍くなり、冬のある日、やかんのお湯が肢にかかりやけどするという事故が起きた。にもかかわらず本人は痛さ(熱さ)を感じなかった。異変に気づいた母が急遽冷水で処置をしたが間に合わず跡が残った。この頃になると、両親は、諦めた様子で、怒りや嘆きや悲しみを越えて無表情になっていた。

兄は、容体が悪化すると町の病院に入院し、よくなると退院する、を繰り返すようになった。いまのように難病指定を受けて治療費がかからないという医療制度はないから、大半は家の蓄えを持ち出して治療費にあてた。わが家が斜陽していくのが子ども心にもわかった。しばらくして、これまで通院していた病院とは別の大湊自衛隊病院に入院することになった。今日でいえばセカンドオピニオンであろうか。これまでの治療方法とは異なる治療方法を期待したのであろう。しかし、ここでの入院生活は期待とは裏腹に私が上京するまで続いた。病床でなにをすることもない兄はよく手毬を作っていた。母が「あの大きな手で器用に細かい作業ができる」と感心していた。

高校一年のとき、兄は一時外出が許されて帰宅したことがある。火鉢を囲みながら「子どもに返って川で鮒つりがしたいな」と漏らした。勢いのあった私は「そんなつまらない！」と強い口調で返した。それを聞いた兄はとても悲しそうな表情を浮かべた。しばらく二人に間に沈黙が走った。その言葉の冷酷さが今も思い出しては悔やまれてならない。取返しのつかない暴言だったのである。

その後、私が上京してしばらくしてから、大湊自衛隊病院でも快復の見込みが薄いということで、県有数の弘前大学医学部附属病院に転院することになった。この時、すでに病名もつかないほどの合併症になっていた。母は遠い所をときどき見舞ったと聞いた。八十に近い年老いた母には長い汽車旅であったろう（いまでも片道三時間はかかるから当時は半日を要したであろう）。そして、一縷の望みを託した大学病院で治らないなら、それ以上は望めないと両親は覚悟を決めていたようだ。衰弱し壊れていく兄を見るたびに身の裂ける思いであったに違いない。

私も一度だけ大学病院へ兄を見舞った。そのとき、「うちからも医者が誕生するといいなあ」と言ったことを思い出す。そして、不治の病に侵され、病名もつかない合併症だと診断された兄の最後の望みは「献体」だった。献体により、「自分と同じ病に侵された人の役に立てたらいいなあ」という望みであった。

最初、両親はこの兄の希望を受け入れることに反対した。たとえ医学の発展のためとはいえ、これ以上、体にメスを入れられ切り刻まれることを嫌ったのである。亡くなっても満足に葬式をあげることもできない、仏さんが可哀そうだと。ただ、このとき兄の意志は固く、すでに献体のための手続きを済ませていたのである。結局、両親も兄の意志の固いことを知りその行為を受け入れた。昭和五十九年六月逝去、享年四十一、早すぎる死であった。葬式は行われず、両親が立ち会ったのみである。何カ月か後に大学病院から献体に対しての感謝状が届いた。それが兄の生きた唯一の証となった。

令和三年七月、私は、いまは他人に渡ってしまった生家を訪ねることにした。いま在るのは、昭和四十年代半ばに長兄が退職後の住まいとして（親の面倒もみるという名目で）建築したものである。亡き父が同じ敷地内に建設することを拒んでいたが、押し切られた格好で建設したものである。その後、私が育った本当の生家は取り壊されて今は残っていない。

昭和の木造屋はどこの家も採光が悪く暗かったが、幸い生家は、屋根に三分の一畳ばかりの明かり取り窓があったので部屋は比較的明るく温もりの感じる家だった。明かり取り窓の真下には囲炉裏があり、晩年の父はよく囲炉裏のそばに横になって居眠りをしていた。ただその姿はなぜか寂しくいつも悩みを抱えながら心を痛めているようにみえた。兄の病気のことがいつも頭から離れなかったのであろう。

囲炉裏には薪ストーブが据えられていて排煙用煙突があった。北国の夏は短い。八月も半ばに入ると朝晩の気温も下がり、気の早い家では薪ストーブを焚き始めた。「荒木の田んぼ」（開墾田）から畔道を歩いての帰り道、煙突から煙が出ているとほんわかと温かい気分にさせられたものである。その荒木の田んぼも、所有してからわずか二十数年で自宅の向かいの家へ手放した。医療費を工面するための悲しい選択だった。

あのとき蓄膿症の手術を選択したことへの悔恨、子どもへの取返しのつかない贖罪。父は、さぞ無念であったろう。そして、両親は斜陽する人生にどれほど涙を流したことだろう。父は兄が亡くなる二年前に八十三歳で亡くなった。母は、この不憫な子を残しては死ねないと、持病を押して気丈にも生き抜き、兄が亡くなった三年後の昭和六十二年に八十一歳で出直した。両親にとって壮絶な晩年だった。今、子をもつ親としてその心境が痛いほどわかる気がしてならない。


人には好きな季節があって、ある人は春の新緑に生命の息吹を感じ、ある人は夏の海を待ちどおしがり、ある人は秋の寂寥感に人生の儚さを観る、そして、ある人は冬のぬくもりを恋しがる。兄は春の新緑が好きだった。春の庭で私が小学低学年のころ、兄がキャッチャー、私がピッチャー。兄が構えるグローブめがけてキャッチボールをしたことがある。そのときの写真がいまも手元に一枚残っている。ただただ懐かしく思い出される。他人は薄幸の人生だったと言うかもしれないが、しっかり生きた証・「献体」という形で、医学の発展に貢献して人生を終えた人だと思っている。けっして、蓄膿症手術を選んでくれた父を責めることもなく。

そして、兄が大学病院を見舞ったとき言った「うちからも医者が誕生するといいなあ」という望みを受けたように、次男が脳外科医として活躍している姿を見ると、あの世からしっかり見守ってくれているようで、感無量となるから不思議である。

（8）職業高校への選択

令和五（二〇二三）年の暑い夏も十月の声を聞き、ようやく朝晩の気温が低く凌ぎやすくなった。このところ、時間があるときには身の回りの整理している。引っ越し用段ボール箱に無造作に入れてある手紙類や小学校、中学校、高校の時の記念写真やアルバムなどを見ていると時間が経つのも忘れて当時を懐かしんでいる。あの友はどうしているだろうか、どんな仕事につき、どこに住み、どんな暮らし向きをしているのだろうか、中学時代のマドンナはだれと結婚して、子どもが何人いて、孫たちに囲まれて幸せな人生を送っているのだろうか、等々。

濃い赤色の固い表紙の中学卒業記念アルバムがあった。もともと段ボール箱の中に眠ってあったものだが、ゆっくり見ることもなく長い歳月が過ぎていた。改めてページをめくると懐かしい校舎の写真、校長先生はじめ教職員の方々、そして三年生全八クラス、約四百名のクラスごとの集合写真が載っている。私のクラス、三年二組は、男子二十四名、女子二十五名の計四十九名から成り、木造の二階建て校舎をバックにして、担任の女先生を真ん中にして撮ってある。担任が女先生のクラスは唯一私のクラスだけだった。お茶の水女子大学国文科を出た先生で、私に国語の力をつけてくださった恩師である。

アルバムはその他に、「修学旅行」「体育祭」「文化祭」「部の紹介」「スナップ」があり、私は二か所に載っている。一か所は生徒会長だったので「行政機関の面々」に、もう一か所は「美術部」である。この美術部にはまったく入部した覚えがないのだが、あだ名が「メケメケ」と呼ばれ、女生徒に特に人気の高い美術の先生がいた。その先生にたまたま撮影の時に部室の前で呼び止められ一緒に写真に納まったのではないかと思っている。

このメケメケ先生は、ちょっとエッチの癖があり、廊下ですれ違いざまに女生徒の尻に触ったり、肩をポンと叩いたり、昼休みとなると校庭に出ては、女生徒を追い回しては遊んでいた。女生徒たちは、先生が近づくと嬌声をあげて一斉に逃げ出す。それを周囲は楽しそうに眺めている。鬼ごっこみたいな感覚だった。

こうした行為に、親たちは「気をつけよ」と、わが子には注意をしても、その行動があまりにもあっけらかんとして悪意によるものと見えなかったからみな許していた。今日ではセクハラ行為として、生徒も親も学校や教育委員会へクレームを申し立てるところであろう。行為者の主観的意図よりも、セクハラかどうかの判定は、受けた本人の感性を基準に、その女生徒が、不快と感じればセクハラとなる可能性があるからである。良き時代の懐かしの一コマである。

私の通った中学校は、町では一番生徒数の多い学校だった（団塊の世代で一学年八クラス五十名として全校で二十四クラス、約千二百名の大所帯である）。多くは第一から第三小学校の卒業生であるが、なかには町から遠く離れた「在」から親戚の家に下宿して通う子もいた。今も昔もわが子の幸せを願う教育熱心な親は、少しでも教育レベルの高い学校へ進学させたいと見え、越境入学させていたのである。そして、卒業すると大半は、中学校と並んであった高等学校（普通課程）に進学した。もっとも町の有力者やお金持ちの子どもの中には、大学進学を見据えて都市部にある進学高へ下宿して通う者、専業農家で裕福な家の子どもの中には、農業の継承者となるべく自分の意志とは関係なく農業高校へ通う者もいた。一方、進学せずに中学を卒業してすぐに就職する者もいたが、いずれもごく少数であった。

そんな矢先に町に新しく職業高校(工業)が開校するというニュースが流れた。手に職をつけて社会に出るといろいろと有利であるということがまことしやかに言われた。

この町に工業高校ができるという話は、工業高等専門学校(いわゆる「高専」)ができてまもなく聞かされていた。五年制の高専が各県に一校創設された全国版だとすれば、三年制の工業高校は市町村部に創設された地方版というイメージで理解していた。私の町にできる工業高校はまさにこの地方版である。

高専は、「わが国産業の発展を期して科学技術教育をより一層振興するために」、昭和三十六年六月第三十八回国会において学校教育法の一部が改正され、昭和三十七年度より創設された高等専門学校の総称である。敗戦から十数年が経過し経済復興の兆しの中、産業界から理工系学生の増員の要望が強まっていたことがその背景にある。

昭和三十九年、私は中学三年生で、その十月には東京オリンピックが開催された。すでに高専の評判は高く、将来技術者を志望する者には「深く専門の学芸を教授し職業に必要な能力を育成する」高専は魅力的で、「豊かな教養と専門の工学を身につけた有為な技術者になる」という夢が実現可能なものとして受け入れられたのである。

当時は、地方では高校進学だけでも恵まれた方で大学進学率はせいぜい一〇％にも満たなかったから、普通高校やその他の職業高校（商業や工業や農業）へ進学するよりも教育期間が五年間と長く、卒業すれば有能な中堅技術者として活躍できるということで、地方での人気はきわめて高かった。とりわけ、家庭の事情で高校―大学進学コースをあきらめていた優秀な生徒には寒天の慈雨となった。初期の志願倍率は著しく高く十数倍が普通で学年の成績トップクラスでも合格するかどうか予見できなかったくらいであった。

ただ、私には、当時の高専生（特に昭和四十年代から五十年代にかけて）の胸のうちを察する時、後にその選択が正しかったかどうか、国策に翻弄された人生を儚んでいないか、本心を聞いてみたい気がしている。なぜなら、国民経済が豊かになると大学進学率は急激に高まった。成績がずば抜けて優秀であったばかりに高専に合格したグループが、大学に進むことができず、高専に合格できなかった組が、東大はじめ名だたる国立大学や有名私立大学に入学するということが起きたからである。成績第二グループの下位に甘んじなければならない不運、学歴社会の現実をどう受け止めたのであろうか。国策によって芽を摘まれた若きエリートたちの慟哭が聞こえてくるのである。

高専制度が創設された二年後の昭和三十九（一九六四）年、町に県立の工業高等学校が開校した。

私が入学したのは翌年の昭和四十（一九六五）年であるから、第二期生にあたる。入学当初は機械科と電気科の二科だけで私は電気科に入学した。現在では電子科、電子機械科、設備・エネルギー科と課程が増えている。電気科は二クラスで総勢七十七名であった。

さて、本題に入るが、なぜ職業高校を選択したのかとよく友人やその他の人から今でも聞かれることがある。私が工業高校の出身だと言うだけで不思議がる人がいる。すぐには信じてもらえない。しかし、振り返ってみれば「人生の選択は一瞬で決まる」のである。後に「この選択は間違っていた」と思っても決して元へは戻れない。

第一は、生徒会長をしていたときに、男子生徒の「長髪禁止」という公約が、一部、町の子たちの反対にあって、結局は実現できなかった。生徒本人もさることながら親からも異を唱える者が出た。「農村の子がなにをほざく」ぐらいに、怒り心頭だったのであろう。強く反対した生徒の中に入学直後は仲の良かった子がいて、彼からの反対に心痛めた。「彼とは、同じ高校には通いたくない」という思いが日増しに強くなっていた。地区には大きな高校がもう一校あった。その高校は、軍港だった大湊にあり、町には当時も海上自衛隊総監部があり頻繁に自衛艦が寄港していた。そのせいか、街の雰囲気が少し違っていて、高校もなんとなくおしゃれな感じの印象があった。ただ、通学には電車を使わなければならず、とても自転車や徒歩では通いきれないと思い断念した。

第二は、これも生徒会活動での不満が背景にあるのだが、中体連の県予選大会に、その年だけはなぜか生徒会長の派遣が見送られたことへの不満である。それまでは試合の前日、県庁所在地である青森市に宿泊して応援にかけつけていた。当時、青森市は私にとっては「都会」であるから、そこへ行けることを楽しみにしていたが、この夢はもろくも崩れ去った。理由を担任の先生に尋ねても教えてもらなかった。その怒りが、できるだけ先生方からも距離を置きたいと思うようになった。隣接する高校へ進学すれば否応なしに中学校の先生方とは会う機会が増える、それを避けたかったのである。

第三は、高校卒業後に大学進学をたどるコースはまったく想定していなかった。兄や姉に大学へ進んだ者はいないし、周囲にもいなかったから、想定することができなかったのである。冗談にだれかが「東大」というと、「尻屋の灯台？ 大間の灯台？」とからかわれたくらいである。明治三十年代生まれの両親には、「読み書きそろばん」ができれば十分な教育であった。この点が、大正時代や昭和一桁生まれの両親との違いである。そして進学についての情報が圧倒的に不足していた。したがって、高校を卒業したら父親と同じく国鉄に就職したいと思っていたし、それが適わなければ、農業を継ごうと思っていた。

第四は、その頃、わが家は兄の病気治療費が大きな負担となっていたから、高校を卒業したら、社会に出て、親の負担を少しでも減らしてあげたいと思っていた。後日(上京した後に帰省した際)、父親がつけていた農作業のノートが見つかり、その中身を見て愕然としたことがある。恩給が多少もらえるので少しはゆとりがあるとばっかり思っていたが、事実は異なり、すでに家を出て所帯を持っていた長兄、次兄、三兄から、肥料を買うお金がなく借りていたのである。このように当時のわが家の台所事情は厳しかったのである。

そして、第五は、好意を寄せていた同じクラスの「全校のマドンナ」の気を引きたく、高校は違う方がいい、そうすれば、少しは気にかけてくれるだろうと考えたのである。

他人に、なぜ職業高校を選んだかと問われれば、これを理由に返答している。みなその稚拙な判断にあきれるが、それが一番わかりやすい思春期にふさわしい理由だから。

そんな矢先に、県立の工業高等学校が開校したのである。

(9)現実からの逃避・日記

昭和四十(一九六五)年四月、待望の高校生活がスタートした。旧友、中学校の先生方、その他私を知っている多く人の視線からようやく解放され気分は爽快だった。高校はJR大湊線赤川駅から二つ目の、終着駅・大湊から徒歩十五分の所にあった。ここに通う生徒は私の卒業した中学校からの入学者は思ったより少なく、電車を利用して遠方から来ている生徒が多かった。中には下宿して通学する生徒もいたし、寮もあった。私は、素性が知られていないことでこれまでの鬱屈した気持ちからすっかり解放され、心が安らいだ。

高校が建てられた場所は、元は海軍の用に供していたものだと聞いたが、校庭は石ころだらけの荒れたままだった。体育の時間になるとまずは石ころ拾いから始まった。また、野球部やテニス部など屋外で部活動する生徒たちは、部活動が始まる前にコンクリート製の大きなローラーを引いて地ならしをしていた。さらには実習時間を割いて石ころ拾いをしたことも何度かあった。生徒たちはそれに対して不平を言うわけでもなく、むしろ、その時間を楽しんだ。開校までに期間がなく、まずは箱ものを造ることが最優先され、外構などは後回しにされたのであろう。予算にも限度があり、足りない分は（黙示に）生徒の労力に頼んだのかもしれない。実習室も必要な機械類や設備がすべてそろっていたわけではなく、後日、運搬され設置されているものもあった。

ここに通う生徒は、おしなべて陽気で、明るい子が多かった。今はどうか知らないが、当時、職業高校に進む子は、いわゆる勉強が苦手で体を動かすのが好きな子が多かった。職業高校のうちでも商業高校や農業高校はどちらといえば家業を継ぐための専門知識の習得の場であり、進学する子には将来に向けての明確な目標が感じられたが、工業高校は、まだ目新しい印象があり、それが自分の将来にどのような影響を及ぼすか不透明なところがあった。

当時、県立高校の入試問題はどこも同一問題であったと記憶している。したがって本人の学力に照らして好きな高校を受験できたが、実際は、地理的制約と経済力に鑑み、自宅に近くて通学に便利な高校を選択し、それで全体のバランスが取れていた。

中学の卒業式の直前、担任のM先生が「青高《せいこう》（県下随一の青森高校の略称）にも入れましたよ」と、私の入試問題の得点を教えてくれた。今日ではこれは秘密情報の漏洩に当たるとして騒がれるであろうが、六十年も前のことだから許されよう。国語は好きな科目にもかかわらず学内の試験では伸び悩んでいたところ、入試問題の国語はよくできたのでM先生に入試の感触を報告してあったのである。

工業高校の入学式の当日の朝、こんなことがあった。後に担任となる先生から突然、「入学式で新入生を代表して挨拶してほしい」という指名である。それも入学式が始まるわずか一時間前である。私は「はい」と答え、すぐさま手元にある紙片に要点をメモ書きして臨んだ記憶がある。これでおよそ高校における私の立ち位置がわかったような気がしたが自分の特性や才能・才覚を知ったうえでの工業高校への進学ではなかったから、それからの三年間が、とてつもなく長く苦労することになった。新しい友人もでき、楽しい時間もあったが、内面の苦悩はつきまとい不完全燃焼の三年間となった。自己を過信し、周囲のアドバイスに謙虚に耳を傾けなかった報いということであろう。

そもそもなぜ電気科なのか、それさえも明確な答えがなかった。おそらく、義兄が電力会社の委託を受けて検針作業をしていたことや、当時、台風や雨風の強いときには、よく停電があり、電気工事士さんが電柱に昇って復旧作業をしていた。それを見て子ども心に「格好いい」と思っていた。その光景が、潜在的に刷り込まれていたのかもしれない。

授業が本格的に始まった。初めてのことを学ぶのだから知らないことばかりだが、一学期が終わるまでに、自分がこの分野は向いていないと気づいた。授業のなかに電気の回路図を実際に電池や電線を使って組み立てる実習があったが、これがうまくできなかった。回路図に書いてあるように、電池のある場所に電池を、電線も四角に曲がって書かれていれば四角にしないとしっくりしなかった。一言でいえば、立体（空間）把握ができなかった。二次元に書かれたものを三次元に表すことが苦手だった。みるみるうちに電気実習が嫌いになった。級友の中にはいとも簡単に実現する者もいて、その差は歴然としていた。実習に身が入らないと機器や道具の扱いも雑になり、あるとき蛍光管を手から滑らせ割ってしまったことがある。また、あるときは、実習室の大きな窓ガラスが開いているものと勘違いして（きれいに拭かれていて閉まっているとは思わなかった）顔を外に出そうとして頭をぶつけ割ったことがある。さすがはそのときは指導の先生にきつく叱られた。

　専門科目も増えてくると気分が段々と重くなっていくのがわかった。

　一学期も終わりの頃、担任の先生に「中退して来春、普通高校へ入りなおしたい」と相談をしたところ「東京ならいざ知らず、田舎で高校浪人は聞いたことがない。もう少しよく考えてみてはどうか」と諭された。実際、高校浪人したら、周囲の笑い者になっていたであろうし、そもそも、関係した人たちから距離をおきたくて工業高校を選んだのだから、いまさら悔やんでみても自業自得である。結局、断念して居続けることになった。

　いやなことは重なるもので、それからまもなくして、街で中学の担任のM先生にばったり会った。「高校生活は楽しいですか」と聞かれた。「やっぱり普通高校へ進むべきでした」ともいえず、「はい、楽しくしています」と答えた。もはや後戻りはできなくなった。

　高校生活は仕切り直しになったが心の闇から抜け出せぬまま過ぎていった。こんなこともあった。

教師と生徒の年齢差は振り返ってみると、意外と離れていないことが大人になってと気づくことがある。「電気理論」のT先生は、気難しく、気分にむらがあり、今日は機嫌がよくても明日になると急に不機嫌になり、予測困難な先生だった。東芝電気に勤めた後に教職に就かれた人で、歳のころは三十前後ではないかと思う。生徒はいつも緊張していた。あるとき「コンダクターとはなにか知っている者?」と尋ねられた。誰も電磁接触器とか電磁開閉器など知らない。その時、生徒の一人(決して私ではない)が「指揮者(オーケストラ)」と小さい声でいった。それを先生は聞き逃さなかった。先生は、「俺をおちょくっているのか」と急に怒り出した。教室はしばしば重苦しい空気に包まれた。

　三年生になると、電気工事士の資格を取るための対策が取られた。電気工事士の資格は生徒の電気に関する知識の習得度を測るうえで貴重な指標であり、各工業高校の先生方の授業の進め方の参考になるほか重要な情報源となっていた。それだけに何人合格するかで学校のレベルが計られるため各校とも熱心に取り組んでいた。試験は七月県庁所在地の青森市で行われた。実務が主だと記憶しているが、試験会場には一人に一台の作業台が用意され、電線や鉄管その他の工具が置かれている。設問を読み、工具を使って解答を組み立てる。試験官は二、三名おり巡回している。私は設問をよく理解できず用意された電線を不用意に切断したために鉄管の中で電線を結束しなければならなくなった。「鉄管の中で電線を結束することは、漏電や感電の危険があるため絶対してはならない」と、厳しく注意されていたが、結束せずには鉄管の中を通すことができない。さて、困った。

試験官の目を盗んで結束し、その部分が見えないように手のひらに隠し、貫通させることを思いついた。運がよく、試験官が鉄管の中まで確認しなければ外からは見えない。万が一、中を確認すれば一発で不合格。運を天に任せた。試験終了の合図とともに結束した部分を手の中に隠して会場を後にした。

　このずる賢さ（要領と機転）はいつ体得したのだろうかと振り返ると、田んぼの水やりのときに村の青年との取り合いの中で自然に身についたものだと思った。試験の結果は、クラス三十名が受験し合格者は二名で、その一人が私だったから皮肉である。いまも青森県知事が発行した「電気工事士免状」（昭和四十二年八月交付）を大事に保管している。

　こうした幸運に恵まれていても心の闇は変わらず高校生活は過ぎて行った。大学進学は想定外だったから就職担当の先生が私にふさわしい会社があるからと、東京の板橋区前野町にあるタニタ製作所を紹介してくださり内定もいただいた。このご厚意を私は裏切ったのである。それも卒業する年の一月に入ってからである。職員室に呼ばれこんこんと説教された。先生だけでなく学校にも泥を塗ってしまったのである。

　タニタ製作所はいまなお成長し続けている長寿企業である。日本で初めて家庭用体重計「ヘルスメーター」を製造・販売した会社である。「世界で初めて体脂肪計や体組成計を製造・販売するなど、常に先進の健康機器を提供している。その他、料理はかり、タイマー、活動量計、歩数計、医療施設向けの体組成計・体脂肪計等を製造・販売している」（ウィキペディア）。大正十二

（一九二三）年創業、今年百年を迎える老舗である。仮に入社していたら、タニタでどんな人生を歩んだのだろうかと思うときがある。

先生に辞退を申し出る前の年の夏頃から漠然ながら、英語を身につけ外国へ行ってみたいという夢を描き始めていた。そのためには東京へ出て働きながら専門学校に通い、通訳とか旅行ガイドがいいと思うようになっていた。その背景には二兄が米軍三沢基地内の電報電話局に勤め、義姉も基地内の米軍将校宅でメードをしていたこと、そして、二年生の夏、米軍の家庭に案内され基地内のボーリング場で余暇を楽しむアメリカ人を見て、その生活スタイルに大きなギャップを感じたこと、が大きく影響している。それが一層あこがれに変わっていった。フレッシュ・ザバテロ、ＮＨＫ教育テレビの英会話担当の講師でその印象は強烈に残っている。私はこの番組を朝食をとりながら見て、聴き、番組が終わると登校するようになった。また、スチューデント・タイムスもしばらくの間、購読した。

こうした高校生活はけっして精神衛生上よいはずがなく、鬱屈した状態、捌け場のない不満な生活をどうすれば昇華できるか考えていた。その結論が日記をつけることであった。

私が日記をつけ始めたのは、昭和四十一（一九六六）年一月一日（土）、高校一年生の三学期、四月から高校二年生になる年の元旦である。

この日記帳は、富士写真フイルム株式会社が年の暮れに顧客に配った手帳で、それを日記帳替わりに利用したものである。手のひらサイズの手帳で縦十二センチ、横七センチ、厚さ一センチで深緑のビニール表紙が被さっている。手帳だから、一日の文量にすれば三〜四行程度でいっぱいになる。自身、表表紙の裏地に「豆記」と記してあるから、最初はその程度のものとして軽い気持ちから始まったようである。

手のひらサイズの手帳から、日記を書くことが楽しくなると、次第に文量を増したいと思うようになった。二冊目から一気に「一行日記とサヨナラ」し、自由日記に切り替わりその日のできごとのみならず心情を吐露することが増えていった。昭和六十年以降は、八ミリ罫線が引かれたアピカ高級ノートPersonal黒ＮＹ19を主に使用している。三年日記のように制約がなく、書きたい分だけ書けるメリットがある。当初は年間一冊程度も近年では二〜三冊に増えている。先日、冊数を数えたところ九十四冊になっていた。

今は、改めて過去の日記帳を読返すことはないが、一年の締めとなる十二月末にその年の主要事項をまとめる下資料として読み返すぐらいである。

青春期の鬱積した心情を直接紙に書きつけていく。紙に表現することでストレスを解消したのである。そのなかに同級生の特徴を記したものがあり、そのときの表情が鮮やかに蘇ってくるからおもしろい。

・昭和四十二年九月十二日(火)heavy rain

高校三年生のクラスメート三十人全員の特徴が記してある。(一部抜粋)

島〇〇〇：やくざ面をしているが、私が笑わせると、にこっと笑って話す。

〇谷〇〇：無口比べでは一番。なにを考えているか誰もわからない。数学は抜群。

杉〇〇〇：下校時いつも一緒に帰る。話題豊富。いつもよく本を読んでいる。吃音。

〇木〇〇：気取り屋、顔は日本人よりも外国人に近く、鼻に特徴あり。

〇田　〇：スポーツ万能、グラウンド開きで同点満塁ホームラン。バスケの選手。

〇原　〇：いい気になる癖。朝から死んだような恰好をする。私の隣の席。

〇井　〇：先生を授業から引き離すのがうまい。あだ名がノッポのサーリー。

〇田〇〇：スピード違反で二週間停学。絵を描くのが得意。スキーは全校一位。

原田國夫：外国語(英、仏、西)を使ってツアーガイドをめざす。自分の低能に気づかないidiot(まぬけ)な奴。皆が笑っているのに将来はスペイン人と結婚したいといっている。なにを考えているかわからん。

・昭和四十三年三月四日(月)fine　上京の前日

明日、われは発つ。住み慣れし故郷を。聴き慣れた音楽がすでに郷愁を誘う。母は好きなリンゴを買ってくれていた。私が一晩に十個も食べるものだから。父も私のことを思うと胸がいっぱいのようだ。釜伏山の見える家に生まれ、平々凡々と育った十八年間。

明日の門出は笑顔で、別れ行く。寒い北風も、今は、私のために和らいでいる。

普通に生活している人は、その日記が後に歴史上の価値ある資料になることを期待して書いてはいない。歴史的に書かれた古典文学『蜻蛉日記』『更科日記』『紫式部日記』などは意識的であろう、また、歴史を知るうえで重要な資料となる公家、僧侶・神官、武将の書いた日記は、ある程度見られることを意識して書かれているかもしれないが、石高薄い一下級武士が苦しい台所事情を書いた日記などは、期せずして後世発見され、それが当時を知る貴重な資料となることはあっても、あくまでも偶然のなせる業であり本意ではないはず。

日記を書いて思うのは、本当に悩みや苦しみを抱えている最中には、書く心境になれない、書けないということである。日記は手書きを主とするから、一度書いたら消すことができない。いうならば一発勝負の心情の表現であり事実の描写である。時が経ち問題が収拾して書き留める気持ちになったときは、すでに真実は脚色されている。史実はこうして曲げられるのだろう。

高校一年の三学期から始めた日記は、いまやしっかり習慣化して、今年で五十七年間も書き続けたことになる。最初の頃の日記帳をみるとときどき空白期間もあるが、継続して書いてきたことがわかる。自分でもこれほどまでに長期にわたるとは思っていなかった。

そして迎えた七十代は、日記を書き続けることは無意識下にあり「慣性」になっている。その心境は、道元禅師が季節のうちで春をこよなく愛したように。「書き終わったあとの喜びは、のどかな春のような感じ」がし、その春の喜びが続いているからである。

高校の卒業式、私は答辞を読み、「学校長賞」（国語辞典）をいただいた。表紙を開くと墨書されている。今も大事に保存している。学校にしたら本当に扱いづらい生徒であったと思う。卒業後初めて母校を訪ねたのは四十八年後の令和二（二〇二〇）年だったのだから。老いてようやく気づく、先生方への贖罪のための訪問だったと思っている。

Ⅱ　自由と都会の刺激を求めて

昭和四十三年三月五日（火）、まもなく十九になる春の旅立ちである。不安と期待の交錯する中での旅立ちである。級友のSが一人、途中の陸奥横浜駅で見送ってくれた。一緒に登校する仲で、話題豊富な読書家だった（悲しいことに、昭和五十八年四月、弱冠三十四歳の若さで逝去）。野辺地駅で東北本線に乗り換えると、そこに、T校長先生が座っていらっしゃる。前々日の卒業式で「学校長賞」を授けてくれた先生である。あまりの偶然に驚きを隠せずにいると、座るよう促され、八戸駅までの一時間弱、お話することができた。

思えば、在校中、校長先生と面と向かってお話をする機会がなかった。校長先生は私にこれからどうするのか尋ねられた。「外国へ行って、いろんな国を見てみたい、そのための勉強をしたい」と、揺れ動く青春の心情を打ち明けると、「工業高校で学んだことは決して無駄ではなかったのだから、夢を実現できるよう頑張りなさい」と励まされた。そして先生自身が四月から新しい仕事につかれることを話された。校長先生は初代校長として昭和三十九年四月に就任し、昭和四十三年三月を以て退任することになっていたのである。三月に退職されることとはつゆ知らず、校長先生と私の期せずしての旅立ちの日となった。

1　外国へのあこがれ

「ギブ・ミー・チョコレート、ギブ・ミー・チョコレート」。幌のないジープが長い隊列を組んでゆっくりと進んでいく。子どもたちはジープに乗った兵隊さんに向かって大声で懇願する。すると、兵隊さんはチョコレートやキャラメルや缶詰類を投げてくれる。子どもたちはそれを我先に奪いあった。懇願する子どもたちを見て憐れに思ったことであろう。兵隊さんたちは、皆、笑顔だ。ときどき黒人の兵隊さんに「黒んぼ、黒んぼ」というと、それが蔑称とわかるらしく、怒りを露わに、車から飛び降りてきて子どもたちを追いかけた。子どもたちは一目散に逃げた。これは、私の小学校就学前（昭和二十九年、三十年頃）の記憶の中の光景である。

ジープの隊列はおそらく大湊に向かっていたのであろう。大湊は、明治三十八（一九〇五）年、日本海軍によって要港部が設置され、以後、軍港として栄えた町である。内湾である陸奥湾にあり砂嘴に囲まれた水域一帯が軍港である。地の利も良く、戦時中は、四大軍港（横須賀、呉、舞鶴、佐世保）と並び北方の前線軍港として重要な役割を果たした。

現在でも、「大湊基地」として地方総監部が置かれ、釜伏山（標高八七八・二メートル）の頂上に設置されている航空自衛隊の防空レーダーサイトと合わせ北の防衛拠点として重要な役割を担っている。

アメリカ軍は、占領中はもちろん、占領後もときどき巡回していた。その夏の光景が「ギブ・ミー・チョコレート」である。圧巻は、冬の光景である。雪道を十数台の雪上車が隊列を作り、雪上車と雪上車の間はロープで繋がれ、白い防寒服（スキーウエア）に身を包み、スキーを履いた兵隊さんたちが三〜五人ずつ、そのロープにつかまりながら進んでいく。それは、華麗な雪上行進であった。子どもながらにアメリカの国力を見せつけられたようで、思わず「格好いい！」と叫んだものである。

さらにアメリカを意識したのは、高校二年の夏（昭和四十一年）、今から五十七年も前の話である。義姉の案内で三沢米軍基地（MISAWA AIR BASE）内にあるアメリカ人家庭に招かれ、コーヒーをご馳走になり、基地にあるボーリング場で、初めてボーリングなるものに触れた時である。日本人の生活様式との違いに驚き、いかに日本人の生活水準が低いか気づかされたことである。明治生まれの両親のもとで生まれ育った私には、同世代の日本人家庭との比較でも「遅れている」と感じていたのであるから、アメリカ人家庭と比較して、さらに大きなカルチャーショックを受けた。工業高校生にとって英語はあまり関係ないスキルと思っていたが、その生活ぶりを知って俄然、英語に興味を持ち始めたのである。田舎の高校生の分際で英字新聞を購読し、ＦＥＮの放送を聴き出した。

そうすることで同世代との差別化を図ろうとしたのである。それが「恰好よく思えた」のである。これも今にして思えば、身の程知らずの「恥」なのだが……。そして、「アメリカへ行ってみたい」と強く思うようになった。

これらの体験が、外国といえばアメリカであり、高校を卒業するまでアメリカ以外は外国ではないと思うほどに「アメリカかぶれ」になっていた。アメリカはいつまでも憧れの国であった。

上京するにあたり、親が工面してくれた資金は運賃を除き一万四千円。朝日新聞奨学生として住み込みする販売店も決まっていたので、上京するとすぐにその販売店を訪ねた。

当時、田舎から上京した者で身寄りのない者は「苦学生」として新聞配達員か牛乳配達員になって、それぞれの販売店に住み込み生活をする学生が多かった。私のように専門学校へ通う学生は少なく、この販売店でも宮城県出身のＩさんが一人ロシア語学院へ通っていた程度である。販売店の朝は早い。午前三時半頃から四時頃にかけて新聞が販売店に届く。トラックから梱包を地面に落とす音がドンドンと響く。それが起床の合図だ。早速、前日に用意しておいたチラシを新聞誌に折り込み、四時半頃から配り始める。およそ三百部数を二時間かけて配り終えると朝食を取り、一休みして学校へ通った。大学生は、それぞれの大学へ、受験に失敗した者は来春の合格を目指して予備校へ通っていた。

与えられた個室は、わずか二畳に満たない区切られた空間だったが、住まいと食事が用意されていたので不自由はなく、同じ境遇同士が将来の夢を語り合う楽しい時代であった。
私の新聞配達員としての経験はわずか一年余であったが、このときの経験が今も随所に活かされている。早起きは習慣となって今も続いている。起床時刻は四時三十分、目覚まし時計の力を借りずに起きることができる。生涯睡眠時間の不足を嘆くことはなく、むしろ覚醒時間の長さを喜んでいる。

専門学校の授業は、英会話、商業英語、英文タイプ、フランス語、貿易に関する基礎知識など、興味のあるものが揃っていた。授業が待ち遠しかった。ただ、クラスメートの中には、大学受験に失敗して不本意ながら第二の受け皿として通っていた者も多く、授業に向かう熱心度にはかなりの差が見られた。この雰囲気が、しばらくして私の計画を狂わすことになった。

夏休みが過ぎたあるとき、祖父が将校だったという長野県出身の女性（その春に早稲田大学文学部の入試に失敗）から「なぜ大学へ進学しないのか」と問われた。将来を考えたら大学へ進学すべきだと提言してくれたのである。言われて見ると、東京は、猫も杓子も大勢大学へ進学している、販売店でも専門学校生はわずかに二名である。一年もしないうちに方向転換するのは親に申し訳ないと思ったが、彼女の助言に賭けることにした。そして、十月三十一日に専門学校へ退学届けを提出した。

昭和四十四（一九六九）年四月、法政大学法学部法律学科へ入学。外国へのあこがれが、段々と遠のいていく。文学部外国語学科とか外国語大学に進むべきだったかもしれないが、ここに納まったのである。商業英語の先生で米国駐在経験のある元三井物産社員の方が、私が辞めるといったら「もう一年辛抱して予備校へ通ってから大学受験してはどうか」と助言してくれたがそれを待てなかった。同期との間に二年の遅れが出ることを嫌ったのである。

大学生活については、改めて記すとして、外国への関心が薄れたわけではないが、現実生活に追われる形でその夢は遠のいていった。夢がようやく適うようになったのは六十歳の定年を間近にしてからである。それ以降は、コロナ禍で外国旅行が制限されるまでは毎年どこかへ出かけては、その国の文化や風俗や料理を楽しむことができた。

以下は、初めて見るアメリカの記録である。これはその時の日記からの抜粋である。

平成十九（二〇〇七）年中秋、三男夫婦が暮らすＮＹへ妻と長男、次男の四人で出かけた。

ケネディ空港に到着し、アメリカの大地に降り立ったときの感激は忘れない。〝これが夢にまで見たアメリカだ〟嬉しさがこみあげてくる。初めて見るアメリカ・ニューヨーク。

街は高層ビルが競い合うように林立している。その光景は思い描いていたニューヨークそのものだ。街を歩いてすぐに気づくことは、国民の国家への忠誠心（?）である。メインストリートに面したどの建物からも国旗（星条旗）が掲揚されている。

格差社会は顕著だ。地下鉄の中で物乞いする老婆を見た。ホームレスが街のあちこちでお金を乞っているのも見た。彼らの言い分は、ホームレスだからというのではなく「酒を飲む金がないから少し面倒を見てくれ」ということらしい。

この国のサイズは、おしなべてLLサイズである。昼食のサンドイッチの大きさ、ステーキハウスで食べたTボーンステーキ、店頭に並ぶクッキー、パン、サラダ類、どれをとっても日本の料理に比べると一回りも二回りも大きく量が多い。アメリカ人に肥満体が多いのも頷ける。乗車したバス（二車両編成の大きな長いバス）の中で見た女性客の肢の太さが日本女性のウエストぐらいあるのには驚いた

一方、簡略化してよい所は、きわめてシンプルだ。地下鉄の座席はプラスチック製、バスの椅子もそうである。日本の布張りに慣れた者には固くて冷たいが、この方が掃除も簡単で清潔なのかもしれない。多くの人種からなる国では簡単なマナールールの遵守も難しく、この程度がもっとも相応しいと考えたうえで辿り着いた形態ということだろうか。

一八〇八年設立のアビシニアン・パブテスト教会の日曜礼拝には白の礼服で正装（?）した黒人の礼拝者が次々と教会の中に入っていく。教会内は、圧倒的に黒人が多く、白人の礼拝者もいるがごく少数である。女性の司祭が式を執る。ゴスペル。聖歌、讃美歌が響く。その歌い方は強く刺激的だ。荘厳さと喧騒の中にブラックパワーが炸裂する光景だ。

彼らの祖先の多くは、奴隷として売買され、アフリカから強制的に連れてこられた悲しい運命の人たちである。日曜礼拝は、過酷な労働から解放され、抑圧されたエネルギーを発散する唯一の場所であった。だから、その歌声には魂が揺さぶられるものがある。礼拝が終わりに近づくと、お皿

が回ってきた。少額であるが一ドルずつお布施した。貴重な体験をしたことへの感謝とお礼のしるしである。式が終わって通りに出た後もしばらく体に強烈なビートが残った。

ウォール街。中でもニューヨーク証券取引所は文字通り世界経済の中核であり、一日に約四百五十億円相当のマネーが動くという。前面を覆う国旗はその偉容さを見せつける。

Ｇゼロの跡地を見た。二〇〇一年九月十一日の同時多発テロによりアメリカの威信が一瞬にして崩れ去った屈辱の場所(ワールドトレードセンター)である。現在、新しい建造物の建築に向かって着々と工事が進められている。(平成二十八(二〇一六)年秋に再び訪れたときには全犠牲者の名前が刻まれたプールを併設したメモリアルパークに生まれ変わっていた)。

リバティ島に立つ自由の女神は、実際に上陸し、真下に立つと、その高さと大きさに圧倒される。一八八四年頃までパリにあったものを約三百五十のパーツに解体して船でＮＹまで運んだという。リバティ島からマンハッタンを臨む景色は、「ＮＹが世界経済を動かしている」と実感させる。それは、高層ビル群からなる巨大船団の様相である。

ＮＹの週の始まりはあわただしい。昨日までの緩やかな流れがたちまち激しい流れに変わる。ビジネスパーソンが足早に通り過ぎていく。

ブロードウェイで、ミュージカル「マンマミーア」(ウインター・ガーデン劇場)を鑑賞した。舞台は賑やかでコミカルで、アバのヒット曲二十二曲が盛り込まれ、聴き慣れたメロディーが次から次と流れてくる。ストーリーは、シングルマザー、ドガに育てられた娘が結婚式を挙げるに際し、母の元恋人三人の男性に招待状を送る。そして、父親探しをするというもの。滑稽さと悲しさと笑いがたっぷり演出されていて少しも飽きさせない。上演時間は二時間三十分。最後は観客も総立ちになって手拍子を送る。舞台はすさまじいエネルギーに溢れる。アメリカへ来たということを一層実感するシーンである。満足度一〇〇％。

ヤンキースタジアムで、ヤンキースとボルチモアの試合を観戦した。夜の気温は下がるのも早く、厚手の装いで出かけた。ヤンキースの松井が三回裏にセンターに大きなホームラン（二十四号）を打って、私たちを歓迎してくれた。野球を知らない妻もこの時ばかりは大はしゃぎだ。

この街の雰囲気にも慣れ、日用品の買い方、注文の仕方を覚えると朝の食事も心配なくなり、遅い朝食を街のレストランで取ってみた。コーヒー、パン、フルーツサラダを注文しても十三ドル。前日、ヒルトンホテルで取った朝食代が六十六ドルだったのと比較すると約四分の一の安さだ。バスの利用方法、タクシーの乗り方も覚えると移動が苦にならなくなった。

メトロポリタン美術館の所蔵品は古今東西あらゆる時代、地域、文明に及び、その豊富さに圧倒される。好きな人なら最低でも二〜三日は要るだろう。私たちは“Corporate Courtesy Card”を利用できたので無料で入館できた。そして、シニアの方（男性）が案内してくれたので迷うことなく展示館（主にエジプト館、アメリカ館）を回ることができた。Patrons Lounge では、軽い飲みものまで用意されている。そのシニアの方が行く先々で丁寧な挨拶を受けている。その方が後に館長さんだと知り、驚き、大変恐縮した。

自然史博物館はセントラルパークの西側にあり、ちょうど美術館と対極にある。地球の誕生、人類の誕生等、その成立の謎がわかりやすく展示・解説されている。とりわけ、古代動物の大きさには驚いた。恐竜だけでなくその他の大型動物やすでに絶滅している種の復元された姿形やその化石は、想像した以上に大きく度肝を抜かれた。日本の博物館にはない迫力だ。

平成二十八年、再びアメリカへ。息子の自宅は、空港から車で一時間ほど離れた閑静なスカースデールという所にある。家族も四人に増えている。白を基調にした二階屋である。こざっぱりした造りで、九十数年前に建てられたもので、都度、改装されてきたものだという。家の前には芝生があり、裏には広いガレージがある。リスがあちこちに現れる閑静な佇まいの環境にある。近くには豪邸の並ぶ一画がある。広い庭に二階建ての白亜の建物が多い。ダウンタウンと違い不動産は駅から近いほど安く、遠いほど高くなるという。日本とは逆である。車社会を基調としたアメリカ人からすればそれが常識のようだ。

その後、イタリア、フランス、イギリス、チェコスロバキア、オーストリア、スイス、ハンガリー、スペインなどいくつかの国々を旅することができた。いずれの国もそれぞれに歴史とロマンに満ち溢れた国であるが、映画『ローマの休日』でオードリ・ヘップバーンが演じるアン王女が、最後のセリフの中で、訪問国のうちでどこが一番良かったですかとの記者の質問に「ローマです」と返答したように、「アメリカです」と答えたい。小さい時からの憧れの国であり、異文化に触れるきっかけを与えてくれた国だからである。

2　ノンポリ学生の矜持

私が高校を卒業した昭和四十三(一九六八)年当時の大学(短期大学を含む)進学率は十五%～二十%程度(四年制大学では十二%程度)と低く、卒業生の大半は就職した。文部省の昭和四十三年度の「学校基本調査報告書」によれば、四年制大学では東京が二七・七%で一番高く、神奈川の二二・〇%、大阪の二一・三%と続いている。一方、最も進学率が低かったのは青森の六・六%で、岩手七・四%、茨城七・四%と続いている。その格差は極めて大きい。「進学率の地域差には出身階層あるいは家庭環境と同時に、地域の特殊性が作用している」(友田泰正・「都道府県別大学進学率格差とその規定要因」)。実際、私の高校の級友で卒業時の大学進学者はなく、いったん都会に出てからその必要性を感じて進学した者が私を含めて三名である。

農村という特殊性は、農業高校への進学ならいざ知らず、普通高校への進学さえも歓迎しなかった。まして大学となればなおさらで、先祖伝来の田んぼや畑地を捨て、農業を継がなくなるとおそれていた。大学教育は不要であった。時は高度経済成長期で働き口の豊富な東京や大阪などの大都市へ「金の卵」ともてはやされて集団就職する生徒も多かった。それでもなお、大学進学を志す者は、裕福な家庭以外は地元の国公立大学を望む傾向が強く、その高い競争率に泣いた人も多かった。

また、女子にはさらに厳しい壁があり、「高度な学問はいらない」と思われていた。手に職をつけたい女性は町にある和裁学校や料理教室に通っていた。私の姉が成績では自分よりは下で、比較的裕福な町の子が国立弘前大学へ進学したことを知り、自身の家庭環境と経済力を悔やんだことが思い出される。

私の場合も、専門学校のときの彼女の提言がなければそのまま修了して所期の道を歩んでいたかもしれないし、また、新聞販売店で寄宿した大学生や予備校生の実態を知らなければ、やはり大学進学の選択肢はなかったと思っている。

私が勤めた販売店は、前歴に理由ありそうな人や大学生や予備校生が十数名勤務していた。朝刊の配達は四時過ぎから始まる。雨風の強い日は辛いものがあったが夕食後の仲間同士の団らんは楽しく、夕刊のない日曜の夜は繁華街へ出かけることもあった。昭和四十三年の初任給は一万四千円と記憶している。この額は学生にとっては大金でそれまで欲しくて我慢していた品物を買うことができ、それなりに青春を謳歌した時期であった。

初めての酒はこの集団生活の中で体験した。メンバーに若者が多かったこともあり飲む酒は、ビールが多かった。それも六三三ミリリットルの大瓶だ。日本酒は〝年配者〟が飲むもの、ウィスキーやワインは少し〝お高い人〟が飲むもの、ブランディーは〝成功者〟が飲むもの、焼酎は〝肉体労働者〟が飲むもの、と暗黙のレベルがあった。そして、誰もが今の苦境から抜け出し所期の目的を実現するんだという強い意志を持っていた。酔いが回ると結構遠大な夢を語っていたことを思い出す。

今日、この暗黙のレベルは何の根拠もない無知からくるもので、恥ずべきことと反省している。実際、軽く酔いたいときには温めのお湯割り焼酎を楽しんでいる。

しかし、大学が始まると、一つ不便なことがわかった。しっかり授業を受けようとすると夕刊の配達時刻までに店に帰れないということである。当時の夕刊の配達時刻は午後四時頃からだから、もろもろの準備をするとなれば午後三時までには帰らなければならない。まだまだその辺の要領がつかめずにいた。店の先輩たちに相談すると、四年のうちに履修すればいいから一年次の履修科目を減らしてはどうかとアドバイスを受けた。生活ができて初めて通学が可能なのだから、授業を優先して生活の基盤が揺らぐようでは本末転倒である。しかし、ここでも私はこの先輩の妥協案を拒んだ。一年間、東京で生活してみて、「なんとかなる。新聞配達は朝が早くつらい仕事だけれど、それに代わるアルバイトが必ず見つかる」と、確信すると、次のあてもないままに、店主に退職を申し出た。

辞めて半年ほど、業界紙の配達についた。ここは朝刊のみの配達だから大学の授業を受けることに支障がない。ただ、配達区域が新橋を中心に広い範囲におよび、購読者は企業が主だから、お客様と会話を交わすこともない。一般紙を配達しているときは、「ご苦労さん」と声を掛けられ、「ちょっとこれを」といってお菓子をいただいたりして、人とのつながりの中で、〝同じ時刻に正確に新聞を届けること〟を使命に生き甲斐を感じていたが、業界紙の配達にはそれがなく、一日中だれとも話さないことも珍しくなかった。これは何かが欠けていると思い始めたら、ここを去るのもまた早かった。

心定めができると運命は展開するもので、まずは住まいの確保を優先し、次に食の確保をどうするかと考えた。

大学二年生からは文部省の所轄下にあった学徒援護会が運営する東京学生会館（当時西武新宿線下落合駅から徒歩一分、今はない）に入居できたことで、生活環境は大きく変わった。アルバイトの斡旋は会館生に便宜が図られていたようで、おかげさまでお金に困ったときだけアルバイトをする生活ができた（一カ月の寮費は八百円だった）。当時の主なアルバイト先に大日本印刷がある（市ヶ谷）。印刷製本のアルバイトであるが午後八時から翌朝八時まで働いて二千四百円であったから一晩働くと三カ月分の寮費になった。月四～五回すると毎月の生活が成り立った。ここでは「見た目には楽そうな仕事には苦があること」を知らされた。印刷インクの染みを消しゴムで消す作業ほどつらいものはなかった。最初は簡単で楽そうでも指が疲れ、手全体が疲れ、腕が疲れ、右手から左手に持ち替えながら最後には全身の体重をかけて、わずか一～二センチ程度の染みを消すのである。新人ほど陥りやすい作業で、年下の社員によく仕事がはかどっていないと注意されていた。私も一度きりで、二度と手を挙げなかった。

アルバイト探しも上達してくると、付加価値のある職種を探すようになる。半蔵門の近くに東條会館という結婚式場があり、そこで皿洗いをした。皿は料理人の作った料理の見栄えを主張するもので、より美しくおいしく見せるには皿に汚れがなく清潔で光っていなければならない。ここでも年下の（料理人見習いと思しき社員）に叱責されていた学生をよく見かけた。皿洗いの特典は、上階の結婚披露宴での料理の余り物（厨房へ料理運搬エレベーターで降りてくる）を遠慮なくいただけることであった。田舎者には、豪華な料理など食べたことがなかったので（高級フランス料理など）、それは最高の贅沢であった。

学生会館での生活は、大きな束縛もなく自由を謳歌することができた。十畳ほどの部屋に四人が同居した。両側に備え付けられた二段ベッドが二つある。起床も好きなときに起き、門限もなかったから深夜に帰っても誰も文句一つ言わなかった。

当時の世相をみると、社会主義のベトナム民主共和国（北ベトナム）と資本主義のベトナム共和国（南ベトナム）の間でいわゆるベトナム戦争が勃発していた。この戦争はソビエト連邦を中心とした東側諸国と、アメリカ合衆国を中心とした西側諸国の代理戦争とも言われた。アメリカ軍は、昭和四十（一九六五）年二月ごろから北爆を常態化し、同年三月の陸上部隊の南ベトナム上陸により、一気に全面戦争に突入した。しかし、その後アメリカ軍は北ベトナム軍や解放戦線側の激烈なゲリラ戦（ベトコン）を相手に苦戦し、結果的に和平協定を締結して撤退、昭和五十（一九七五）年四月三十日、南ベトナムの首都サイゴンが陥落するまで続いた。

学生による反戦運動も、昭和四十（一九六五）年頃から始まっていた。高校時代の級友がジョーン・バエズの反戦歌をギターを弾きながらよく歌っていた。昭和四十三年十月二十一日、私は専門学校生であったが、その日偶然にも新宿駅にいた。この日が国際反戦デーにあたることさえ知らなかった。

駅構内では、ゲバ棒などで武装したヘルメット姿の学生たちが機動隊と衝突している。学生たちは停車中の電車や信号機など駅の施設に向かって投石を繰り返している。機動隊に追われて線路内におりて逃走する者、大きな叫び声を上げながら機動隊を挑発する者。野次馬を煽動する者、騒乱とはこういうことを指すのかと思いながらも、いつ石が飛んでくるかもしれない恐怖の中で、早々とその場を去った記憶がある。これが後に知る新宿騒擾事件（通称、新宿騒乱）で新左翼による暴動事件だったのである。それ以来、十月二十一日と聞けば、すぐに「国際反戦デー」「新宿駅騒乱」と思い出してしまう。

ベトナム戦争、反戦運動のほかにも、同じく昭和四十三年には東京大学において端を発した医学部の研修医問題が無期限ストに発展して、安田講堂が占拠され、昭和四十四年度の入学試験が中止に追い込まれた事件、昭和四十五年六月に改定予定の日米安全保障条約の締結に反対する第二次安保闘争、昭和四十七年に予定された沖縄の施政権返還反対闘争など、過激派集団の暴挙が日につくようになった。火炎びんや手製の爆弾など凶器もエスカレートしていった。

学生会館での話題が政治に偏ることはなかったが、当時は、ベトナム反戦デモや大学改革が叫ばれ学生運動が盛んな時代であったから、デモが頻繁に行われていた。代々木公園はデモに参加する人たちの集合地であったこともあり、原宿駅から青山へ続く表参道は両側が通行止めになってデモが延々四時間以上にわたり続いたことを見ている。大学のクラスメートがデモへの参加を呼び掛けるのであるが、私は仕事を理由にして断り続けた。彼らから見れば、デモに参加しないノンポリ学生は、意識が低く教養が足りないとみなされ肩身の狭い思いをした時代であった。

実際、私は学生運動とはなにか、まったく理解できなかった。全学連が、共産党系、革マル派、中核派の三派連合からなり、後に社青同解放派が分かれて四つに分裂したこと、各派の指向がどう違うのか、なんど聞いても理解できなかった。私には、学生たちの多くは〝田舎時分、比較的恵まれた家庭に育ち、社会正義をかざして衆目の一致を図るヒーロー気取りの青年〟に見えた。実際、彼らのその後の歩みを見れば、年齢とともに次第に現実化・保守化に至り政治活動から距離をおいている。

私が上京するとき、両親は、ただ一つ条件を出した。それは、ゲバ棒をもって暴れまわるようなことはしないでほしい、ということだった。他人に傷を負わせてもいけないし、自分が傷を負ってもいけない。すでに父は七十に近く、母も六十を過ぎて高齢であったから私のことでまた一つ心配事が増えることを嫌ったのであろう。だから私も両親にそれだけはしないと固く約束して上京したのである。

ここに母から届いた手紙がある。つたない文字、それも決して上手とはいえない。明治三十年代生まれであるから読み書き算盤ができれば上等の時代である。

昭和四十四年十月十五日の消印のある封書だ。よく保存してあったと思う。五十五年ぶりに読む手紙には、稲の刈り取りが終わりほっとする一方で私への気遣いが書かれている。

「この間は御手紙ありがとう　相かわらじ元気でいますから安心してください　刈り取りも十三日で終わりました　こんどはだっこく(脱穀)で忙がしいことでしょう　けれども体にむりのないようにやりますから心配なく。たゞ私たちは朝ばんのニュースを見て大学の「ふんそう」がいつになったらやめるのかとそればかり心配しています　早くおちついて安心してべんきょうができればよいがと思いニュースを見るたびはらはらしています　所(ところ)で寒くなってきたがふとんはどうしていますか　遠くにいるものですから何かと心配ですそれではかぜをひかないように」

学生運動に身を投じず、デモへの参加を断った理由は、この拙い手紙に凝縮されている。年老いた両親への孝心からである。安易に革命や改革を唱えることは責任重大なことである。制度に不備があればその制度の中に飛び込んで改善していく。学生運動に参加した連中だけが社会に関心があったのではない。学生運動には参加しなくても彼ら以上に社会の変革を望んでいた学生は大勢いた。ただ、授業料も生活費も自分で工面しなければならない苦学生にとっては、余裕はなく、それは

「坊ちゃん」たちの戯れに見えたのである。ノンポリ学生と呼ばれようとその生き方自体がノンポリ学生の矜持であった。

学生会館には全国から学生が集まっているから話題も豊富で実に刺激的だった。インテリと自認する学生は好んで『朝日ジャーナル』や『中央公論』、西田幾多郎『善の研究』などの哲学書を読み、（難解な文章をいかにも理解しているかのように）その中で論じられている主義主張を、無批判的に受け入れ、討論となるとそれを引用して反駁する光景があった。作家では丸山眞男、桑原武夫、大江健三郎など現代の政治・経済・社会・文化、さらには恋愛・結婚など諸問題に一家言をもつような作家が信奉されていた。政治や経済、労働問題に興味のある人はマルクスの「資本論」を信奉していたが、私はどちらかというと宗教や人生論など、なにか人間の生き方にかかわるもの、心に響くものに興味があった。そのせいか、特に政治問題に関わる議論になると論点がかみ合わず、それぞれの主張を聞いているだけだったが、寮生活は見聞を広める意味でとても有意義であった。

最後に、大学で学ぶ意味は、専門科目の習得はもちろんであるが、教養課程としてリベラルアーツ（教養）を育む場であると考えている。リベラルアーツ（教養）は、洗練された振る舞いや会話を楽しむ能力を高め、それらに必要な知識や文化的素養を引き寄せ、心に豊かさをもたらしてくれる。一見無駄にみえる数年間であるが、この間に得た人的資源は至高の財産になって人生を豊かにする。

学生運動に身を投じた学生やデモに参加した学生がこのリベラルアーツ（教養）を意識したとき、学生運動のありかたはもっと違っていたのではないかと思っている。

悩めるときは寺山修司のように「書を捨てて、町へ出よう」もいいが、〝著書を通してその人生を疑似体験すること〟により、多様な人生があることを知るには、むしろ「書を持って、街へ出よう」がクラシカルでクールな気がする。その時期が学生時代だと思っている。至難であるが刺激ある人生の流転の始まりである。

3　立ちはだかる学歴、学校群の壁

人はみな平等であり本源的に優劣はない。そこでは価値を測ることは愚かなことであるが、現実世界は何らかのものさしで価値を測り優劣をつけたがる。優劣をつけないと居ずまいが悪い。優劣は格差となって社会に常態化していく。格差社会における格差は、立場が変転する可能性を潜在的に有しているから、立場が変われば、それを是とし、あるいはそれを非とする。格差は、学歴、所得、職業においてもっとも現れやすく、無意識のうちに、格差内での序列を確かめてあっている。なかでも学歴格差は、魔物である。これをもってその人の全人格にまで評価が及ぶことがあるからである。学歴格差については、拙著『老年書生のこだわり』「第二章（1）格差社会の現実と向き合う」、の中で持論を述べたが、改めて概要に触れ、私の体験談を披露したいと思う。加えて同一の学歴内ではさらに「学校群」の壁が大きく立ちはだかっている現実についても述べたいと思う。

功成り名遂げた人ほど「学歴詐称」がクローズアップされることがある。その真偽は本人が一番よく知っているのに、いつの間にかうやむやになって人々の関心から消えていく。

令和二年七月、東京都知事選挙を前に小池百合子都知事の学歴詐称疑惑が再燃した。本人の主張する「カイロ大学首席卒業」は、虚偽の疑いが濃厚だというのである。本人が真正の卒業証書を公開すれば簡単に疑惑は晴れそうなものだが、ことはそう簡単ではない。都議が再三、卒業証書の公開を要求するも知事が頑なに拒否。しかし、選挙が七月に控えていることなど諸般の事情を考慮してかようやく公表に踏み切った。ところが、その公開した証書が「子細に点検すると証明スタンプが不自然に楕円にゆがみ、インクが滲んでいる」「貼付した顔写真が不鮮明である」など、収拾どころか偽造の疑いが一層濃厚になった。これに対しては、アラブ文化の鷹揚さが背景にあり、日本人が期待し想像するような精度の証書は元々ないのだから、証明スタンプのズレや滲みがあったとしても不自然なことではなく偽造とは一概に言えないという意見も出てきた。

一度疑惑をもたれたら、その潔癖を証明するのはなにごとにおいても至難である。学歴詐称はじめ職歴・経歴を詐称する人は、おしなべて自己顕示欲が強いと思う。成りたい自分になれないことへの忸怩たる思いが嘘を言わせるのであろう。〝自身を誇大に見せたい〟というその欲求が寂しく憐れである。弱さを曝け出して生きれば、はるかに爽快なのに気づかないのである。

学歴詐称は、一般的には低学歴者が高学歴を詐称する場合を指すが、もっと質の悪い詐称は、

「逆学歴詐称」である。たとえば高校卒業者を対象とする職種を募集しているにもかかわらず、大学卒業の事実を隠蔽して応募するなどは、他の受験者への最悪の冒涜であり、まことに憐れである。

自分の学歴を意識したのは、いつ頃からだろうか。人口数万の地方都市の農村部で育った私は、義務教育後の進路を真剣に考えたことがなかったような気がする。時代は、私が中学三年の年（昭和三十九年）に東京オリンピックが開催され、東海道新幹線が開通するという大きな国家プロジェクトが成功したこともあり、国民の経済成長への期待は高まり、教育への気運も高まりつつあった。「これからは最低でも高校ぐらいは出ておかないと世の中では通用しないとか、肩身の狭い思いをするとか、馬鹿にされる」と言われていた。

同級生は、一部（卒業後そのまま就職する者や家業を継ぐ者）を除けば、多くは地元の普通高校へ進学した。担任の先生も個別に進路指導をするまでもなかったように思う。

もっとも、何代も続く農家の子の中には、地元から離れて農業高校へ進学する子もいた。本人が地元の普通高校を希望しても、親が農業高校への進学しか認めてくれなかったからである。親の言い分は「農業高校なら農業技術を学べるが、普通高校へ進学したら家業を継がなくなる」というものであった。また、裕福な家の子の中には県内有数の大学進学校にわざわざ下宿までして進学した子もいたが、その数は極めて少数であった。

私はどうかというと、昭和三十九年に新設された地元の工業高校へ二期生として進学した。工業立国を標榜して国が中堅技術者の育成を積極的に推進した時代である。その結果、県の主要都市には国立高等専門学校（いわゆる「高専」）が、その他の中都市には工業高校（電気科、機械科、建築科を中心に）が創設されたのである。

　高校の選択を普通高校にするか、職業高校にするかの悩みはあっても「高校」であることに変わりなく、多くは高校へ進学できただけで満足していた。とはいえ、勉強が苦手な子は、職業高校を選んだようだし、勉強のできる子は、大学進学をめざすか否かは別として普通高校を選んだように思う。適性をじっくり見定めることもなく、漠然と自分の将来像を描いていたように思う。親もまた高等教育の重要性はわかっていても、その選択には寛容だった。

　私も、地元の工業高校・電気科へ進学したものの、卒業後はまったく異なる道を選択している。都会とは違い、田舎には周囲に自分の進路について相談に乗れる人が少なかった。自分の体験以上のことは指導できないから、仮に高校に行っていなければ高校へ進学することの意義を伝えることができない。ましてや、大学へ進学した人はまれであったから、なおさらである。学校の先生から聞く都会の生活にどれほどあこがれても大学への進学は、普通の家庭の子にはまだまだ夢物語であった。

　担任の先生も、生徒の進路について気にはかけていても、今のように個別面談をして本人の意思を確かめることや、親を説得するまでには至らなかったように思う。家庭の事情を知れば、強く進学を勧めることもできないし、親が反対すれば抗することなく引き下がらざるをえなかったであろう。
そして、多くは、その境遇を悲観することなく、自分が選んだ道、あるいは親が勧める道を愚直に生きようと心に決めていた。そこには学歴格差という認識はなかった。

私の場合、世界の国々や都市をまわり、人々の暮らしや異文化に直接触れてみたいという強い思いから、上京して専門学校に入学した。旅行会社の添乗員になれば早く外国へ行けると考えたからである。しかし、入学してまもなく気づいたことは、クラスメートの半数が、本心は大学への進学を希望していたにもかかわらず、なんらの理由で断念し、専門学校へ来ているという現実であった。私のように、そんな事情を知らずに入学した者には、新しい知識を学べる場であったが、その人たちにとっては、苦渋の選択の末の専門学校であり、大学へ進学した友との間にすでに学歴格差が生まれていたという認識である。

東京の生活は、新聞販売店の住み込み苦学生からスタートした。おかげで学費と生活費の心配はなかった。しかし、まもなく本流からはずれたコースを歩み始めているような違和感を覚えた。販売店で働く同輩は、大学生か大学進学のために予備校に通っている浪人で、専門学校に通学しているのは、私とロシア語の専門学校へ通っている人の二人だけだった。予備校生の多くは、その春、すべり止めの大学には合格したものの第一志望校には不合格という（不運の）人で、来春に再起をかけて勉強している人たちであった。

そんな環境で毎日過ごしていた私が、クラスメートや予備校生の話に触発されないわけがない。添乗員になって外国へ行くという所期の目標が脆くも崩れた。初秋、河口湖へ一泊の合宿ゼミがあった。一人湖面を眺めていると、突然、「今、ここで決めよ」と、心の中でだれかの叫ぶ声がする。私の煮え切らない態度に決断を迫る声である。春に親から入学金や学費を苦しい中、出してもらい上京したのに、なんの結果も出さないうちに、早くも中退することが申し訳なく、逡巡して決めかねていたのである。

合宿ゼミから帰った翌日、「十月三十一日付けを以て辞めたい」と中退届を出すと、もう迷いはなかった。翌日から早速、受験勉強にとりかかった。当時、商業英語の先生で前職が三井物産のアメリカ支店に勤務されていた方がおり、私が、中退して来春大学受験したいと理由を告げると、「あと一年辛抱して、予備校に通いなさい」と、私の将来を嘱望しての貴重なアドバイスをいただいた。だが、私には同年の人たちから二年遅れの大学進学は耐えられなかったし待ちきれなかった。焦りから将来を展望する余裕もなかった。

やがて、日本は高度経済成長期を迎え、「一億総中流」と言われるまでに国民の生活は豊かになった。生活が豊かになると、国民の教育への関心は一気に高まりを見せた。親は自分が受けることができなかった分、自分たちの生活を犠牲にしてまで子どもには良い学校へ進学させようと考えるようになった。

親の経済力、所得格差が教育格差を生み、学力格差となって、学歴格差へと連動していく。

今、日本の大学の数は八百に迫る勢いである。いわゆる大学全入時代といわれて久しいが、この数は、イギリス、フランス、ドイツに比べ明らかに多い。大学進学率でみても、この数年の普通科卒業生の大学・短大進学率は約六〇％、就職者の割合は約一〇％と推移している（文部科学省「学校基本統計」）。私が上京した昭和四十三年度の四年制大学進学率は約十二％であったのに比べると、隔世の感がある。

その結果、今日では、特定の大学にこだわらなければ進学希望者全員が入学できるまでに受入れ事情は好転している。しかし、全入時代ということは、大学へ進学してなにを学ぶかという本来の大学の意義が希薄になっていかないか危ぶまれる。単に社会へ出ることを遅らせ、青春を謳歌したいだけではないのか。親もまた、最終目標が良い大学に入学することであって、卒業後の子どもの将来について真剣に話し合い、認識を共有しているのだろうか、など、他人事ながら心配になる。

以前より、大学はそこで何を学ぶか明確な目的をもった人だけが進学できる場であればよいと思っていたので、全入できる収容力を用意する必要はないと思ってきた。そして、その適性に応じて、職人の道をめざす者がいれば、その希望を叶え、それ相当の社会的評価を与え、国民からもその技が称賛されることが理想の社会だと思ってきた。たとえば、ドイツを始め、オーストリア、ベルギー、スイスなどにみるマイスター制度が参考になろう。大学の数と大学進学率についても、大学数はドイツ並みにせいぜい四百校、大学進学率はせいぜい三〇％程度が妥当ではないかと思っている。根拠の一は、すべての高校生が学業に関心が深いわけではないし、許されるなら卒業と同時に社会へ出たいという者も多いはずである。大学の数を減らして、豊富なカリキュラムをそろえた専門学校を増やした方がニーズに適うのではないかと思う。今後、少子高齢化がさらに加速すれば入学者は定員を割り、自然淘汰され減少していくことは必然であるが、その時は、大学の施設を有効活用して専門学校へ転換できれば（移行を円滑に進めるための法整備）社会資本の無駄にもならず好都合であろう。求められるは、単に数を増やすことではなく将来を視野に入れた人材の育成であろう。根拠の二は、集団の力学から推測すると、集団の凝集力が高まりマネジメントがより機能するのは、少ない人数で意思決定が行われ、それが迅速に末端にまで展開していく集団である。それを可能にするのは管理者とスタッフのバランスであり、そのバランスは三対七程度が理想的である。大学進学率にあてはめると三〇％程度が妥当ということになる。

今日、私が大学へ進学した五十年以上前とは違い、受験生に求められる能力は学力一辺倒ではなく、デジタルに通じていること、外国語は「読み書き能力」よりも「聞き話す能力」があること、さらにはだれとでもコミュニケーションできる能力があること、など多様な能力が求められるようになってきている。

大学への進学においても、他人の学歴指向にこだわることなく（全入時代であるからこそ）虚心坦懐にして自分の能力や特性を見定め進学するかどうかを決める新しい時代に入ったと思っている。いろいろな学歴の人がいてこそ社会は成り立つのであり、だから面白い。一方で、私は、今こそ、学歴格差の象徴ともいえるエリートの養成が必要だと思っている。

わが国では、明治期以降、東京帝国大学をはじめとする帝国大学（←旧制高等学校←旧制中学校）が主流となり、政財界、学会、法曹界、一流民間企業幹部を輩出して国の繁栄に貢献してきた。しかし、近年、エリートに対する風当たりが強い。大衆の立場から、ポピュリズムや平等主義を重視して「エリート」そのものの特権を許さない風潮がある。東大生の官僚離れも進んでいる。さらに、エリートであることを秘匿するのが美徳だと勘違いする向きもいる。これはむしろ学歴に見え隠れする驕りであり、先の「逆学歴詐称」に似て憐れである。国は、国民の負託に応えうる有為な人材としてのエリートの養成に、堂々と、本腰を入れて取り組んでほしいと思っている。

さて、学歴、学校群がどんな作用を及ぼすか私の体験から二例あげたいと思う。

大学二年生から東京学生会館に住むようになり、住まいの心配は消えた。後は生活費と授業料の工面である。学生会館ではアルバイトも紹介しており、私たちは優先的に紹介された。あるとき、求人欄に高校一年生の英語の家庭教師の募集があった。職員の方も東京外語大学やその他の一流大学の学生を紹介すれば問題なかったのであろうが、私が応募したところ私が紹介されることになった。英語は、専門学校でもよく勉強したし、全国大学模試でも最高は四十番だったこともあり、自信を持っていたのだが、みごとにその親御さんに断られた。「希望は国立大学か私立なら早稲田か慶応です」と実に明解だった。東京の現実を見せつけられたようで、気分は落ち込むどころか爽快だった。会館の職員さんに報告するととても残念がっていたが、これがその後、大学卒業後もお世話になる職場を紹介されるのだから人生はまことに不思議である。

　また、大学三年に入って、将来の就職、職業をどうするか真剣に考えるようになっていた。上京したときに描いていた旅行会社の添乗員になって世界を駆け巡る夢は消えていなかったが、文学部外国学科でも外国語大学でもないし、添乗員に代わるものはないか考えていた。そんな矢先に外務省の外交官試験が目に留まった。西欧の歴史については少し詳しく勉強していたので「外交史」にも興味があった。当時、外交官試験は上級試験と中級試験があり、さすがに上級試験は東大はじめ国立系の大学の学生から採用するだろうと避けたが、中級試験なら可能性はあると考え、外務省に電話をした。さすがに担当者は直截な表現はしなかったが、「中級試験の合格者の多くは外語大学、私立では早稲田、慶應、たまに中央ですね」と教えてくれた。採用試験であるから、学校群をどのように仕切ろうと採用者側の自由（公平公正という名の下に）であるが、それが現実であろう、とえらく得心した。上京するにあたり、父が「鳶の子は鷹にならず」と戒め、励ましてくれたことを思い出した。

　社会人になり中堅ゼネコンに就職し、総務・人事採用の責任者になったとき、自らができるだけ優秀な学生を採用したいと思い、工学部建築科を偏差値で区分して、大学に優先順位をつけていたことに、愕然とした。

4　事実を見る眼

母は、「東京はこわい所だから気をつけるように」と、再三私に言い聞かせた。私の意志が固くすでに観念していたにもかかわらず、できれば田舎にとどまってほしいと思ったのであろう。当時、田舎ではめずらしい「ベッドを買ってあげるから」とも言って関心を引こうとした。老夫婦にとっては、さぞ辛く寂しく悲しいことだったと思う。

上京して一カ月もすると、少し都会の様子がわかるようになり、販売店の同僚と都心へも足を運ぶようになった。官庁街の整然とした建物群に圧倒され、繁華街の喧騒に酔い、学生の身分を謳歌するようになった。昭和四十三年五月には西武百貨店渋谷店A館とB館が開店した。前日、販売店にはタタミ一畳ほどもあるチラシ（広告）が届いた。それまでに見たこともない大きなチラシだ。翌朝、それを新聞に折り込み配達に出るのだが、いつもよりずしりと重かった。「東京はすべてにおいてスケールが違う」と実感した。配達を終えて店に帰ると、おかみさんがイチゴケーキを用意して労をねぎらってくれた。

専門学校に通い始めて二カ月ほど経ったとき、いつもの通学路を原宿駅から代々木駅方面に向かって歩いていると、車に乗った若者が二人、スーと車を止め、「この背広安くするから買わないか」と声をかけてきた。一帯は閑静な住宅街で車はほとんど通っていない。初月給ももらい買える値段だったので、一瞬どうするか迷った。この迷いが彼らに隙を与えてしまった。一、二分執拗に絡み押し売りする。形相も最初の優しそうな表情が強面のお兄さんに変わっていく。窮地に立たされていたそのとき、運良くクラスメートが声をかけてくれて難を逃れた。彼らは私の風体からすぐに「ポット出」（田舎から出てきたばかりの人）とわかったのであろう。東京は母の言うように「こわい所だ」と知らされた。

またあるときは地下鉄の電車内でホームレス風の年配の男性から「お兄さん、ちょっと千円ばかり恵んでくれないか」と声をかけられた。たまたま私が乗った車両には乗客が数名しかいなく、声をかけやすかったのであろう。このときは「持っていません」と強い口調でいうと、すんなり別の車両へ移動していった。

東京での生活は、すべてにおいて自分で決めなければならない。田舎と違い多くの情報が錯綜している。その中から、なにが正しく、なにが正しくないのか見極めなければならない。危うきものには近づかないこと、それが一番賢明なのだが、望まずして先方から災禍を持ち込んでくる場合もあるので咄嗟の判断は容易でない。東京で生き抜くためには、的確に「事実を見る眼」が求められると思った。

「シニカル」という言葉があてはまるかどうかはわからないが、私は、田舎にいた時分から多少、物事に対する見方が同世代の人とは違っていた。これも両親が明治三十年代の生まれということが大きく影響していたかもしれない。母が戦時に軍の「竹槍戦法」を敵国・アメリカ軍の銃の前には無力だと言って、訓練に参加せず畑仕事を優先した人である。

「シニカル」には、皮肉な態度をとるさま、冷笑的、嘲笑的という意味で使われるのが通常である(「デジタル大辞泉」)が、私の「シニカル」には、相手の立場から、つまり相手の視点から物事を見るという意味合いも含まれている。だから、単に、他人の価値観や考え方をばかにしたようなさまを指すのではない。

ある行為が事実であるかどうかの判断は、その行為をした人物がどのような人物であるかがわかれば、凡そ判断することは可能である。しかし、物事は少なからず、自分の都合のよいように脚色され歪曲されるため、それが事実なのか、虚偽によるものなのか判断がつきがたくなる。論理の整合性や矛盾を探り、その口ぶりや表情によって凡そ推理できるが不確実である。

世に観相学というものがある。顔相、骨相、体格などによって性格や生涯の運勢を割り出す学問である。あるとき、人の行動を予測するためにはどうすればよいか、と同室の先輩に尋ねたところ、「その人がいま何に一番関心を持っているか予測し、二、三仮説を立てることだ」と教えてくれた。たしかにそれは一理ありと納得した。仮に、「やけにそわそわして落ち着かない人がいる、身だしなみや髪型を必要以上に気にかけ、鏡を頻繁に見ている」とすれば、「ああこれはデートの約束をしているのだ」と推理する。わかりやすいと思った。そこで、それでは、その人がどんな性格の人かを知るにはどうすればいいかと尋ねたら、「女にモテタイならこの本がいい」と、五味康祐の『五味人相教室』(光文社)を供してくれた。この本は今も大事に持っているが、意外と行動予測にも役立っている。

その後、中堅ゼネコンに就職し、総務・人事畑を長年歩いてきた。その間、採用の責任者として新規学卒者の採用面接や中途採用の社会人相手の面接を行ってきた。その数はおよそ八百人に上る。その際に、その人物が話していること、答えていることが真実なのかそれとも虚偽なのか、どこまでが演技なのか、どの部分が誇張されているのかなど、を測るのに大いに役立った。百％正確に把握できなくても、「これは違う」「これは嘘をついている」と、真実を探り虚偽を見抜く眼、事実を見る眼は格段に肥えたと思っている。

この性向は、日常においても癖になっているので自身「嫌な性分だ」と思いながら、たとえば、テレビを見て登場者がなにかを発言する、あるいは地方の特産物の紹介とか美味しい料理を試食していてその感想を述べているとする。つい「嘘らしい」「自分は実践できないくせに正論ぶっている」「口の中に入れた瞬間に美味しさがわかるはずがない」「表現がオーバーだ」「スポンサーに阿る真似をしなくてもいいのに」などと思ってしまい、苦笑している。

シニカルな視点で世相を見るとこんなふうに見えてくる。

詭弁は身を亡ぼす

立場が変わると、同じものでも白が黒になったり、黒が白に見えたりするもので、事実は一つであっても視点の違いによってその意味するところが全く異なることがある。まことに不思議である。

令和三年十月に行われた第四十九回衆議院議員総選挙で大敗した立憲民主党の代表の言い分もそうである。解散前の百十議席から九十六議席に減少しても、共産党との野党共闘は一定の成果を得たと豪語してその負けを潔く認めようとしなかった。これは、「八十点とれば合格のところを七十五点しかとれなかった。しかし、七十五点で合格点には至らなかったが、皆が誤答した難問を自分だけ正解した。どうだ、俺は頭がいいだろう」と言うようなもので聞き苦しい。これが自民党の大敗なら、「即日、総理大臣は辞任すべきだ」と声を大にして糾弾するであろう。

結局、選挙の二日後にようやく辞意を表明し代表の座を降りた。依怙地になって主張を曲げない態度は、ただ、言い訳にしか聞こえず、醜悪で見苦しいものである。

人間と動物の視点

これは、三十六年前（一九八七年）、「視点の違い」について、社内報に載せた一文である。

街を歩いていると、ときどき迷い犬を捜している広告を見かける。飼い主にとっては愛犬が戻ってこないのだから一家の一大事に違いない。先日もテレビリポートで、わが国のペット飼育世帯が一千万世帯（令和二年では六百八十万世帯に減少している）にのぼると報道していたから、飼主の下を離れる動物がいても少しもおかしくない。狭い空間の中に四六時中閉じ込められているせいか、ストレスも人間並みで、毛が抜けたり、胃炎を起こしたり、挙句の果てには運動不足から歩行困難に陥ったり、症状も多様で複雑になっている。これらを治療する専門の病院も林立し、温泉浴だのハリ、マッサージと多彩である。

だから、こうした状況の中で、これらのストレス環境から脱出を計るのは動物にとってはごく自然かもしれない。人間が、勝手にこれらの離脱行動を「迷い犬」と言うのがなんともおもしろい。「迷い」とは、飼主の元へ帰りたいにもかかわらず帰れない状態を言うのであり、最初から帰りたくなく意識的に離脱する行為は「迷い」ではなく、「家出」である。それを人間は自分の実力的支配内から離脱することをもって「迷い」とするところに人間と動物の共存の限界がある。したがって「迷い犬」ではなく「家出犬」として認めなければおかしい。私だったら、これらの犬を「家出犬」として周囲の人たちにその捜索をお願いした方がユーモラスで、喜んで協力してくれる人も増えるのではないかと思う。

経営者と社員の視点

視点の違いは、なにも人間と動物だけでなく、私たちの周囲にも見ることがよくある。一般的には立場・職位の違いが、相手の理解の妨げになることだってその一つである。

民主主義を一言で定義すれば、治者と被治者の自同性ということになるが、この自同性を経営者と社員に当てはめることはほとんど不可能に近い。経営者と社員の関係を支配・被支配の関係と考えるのが経営者である。ここでは、飼主が、飼主にとって忠犬かどうか関心を持つように、経営者には「忠社員」であるかどうかが、関心事であり、その行動は常に考課の対象となる。そして「迷い社員」には一度は引き戻す寛大な措置は施すものの、「家出社員」には捜索が施されることはない。社員の正論はときに経営者への批判であり、よい結果にならないことが多い。「家出社員」は自ら起業するか、新たな飼主を捜し求めてさまよい歩くことになる。人間、とりわけ強者の視点はおしなべて非情である。

パワーハラスメント（上司と部下の立場）

今日、職場における業務遂行のための指揮命令のあり方を含め社員の教育指導のあり方が問われるようになってきた。

かつては、部下の育成や指導は、事細かにマニュアル化することなく、上司の行動を観察し、それを真似ることから始まった。当然、基礎となる知識や要点は教わるのであるが、自己研鑽に励み、勉強し努力することが前提にあった。同じことを何度も指摘されたりすることは理解力や判断力が足りないことを意味し、恥じることがらであった。したがって、他の社員の前で、指摘され、注意されると、返って奮起して、その汚名を晴らそうと一層努力を重ねたものである。

ところが、平成の時代に入り、様相は一変したように思う。上司の適正指導と受け手の部下の人権保護との境界線がクローズアップされてきたことで、より部下の人権保護に重点が置かれ、上司の言動はより注意を要することになったのである。いわゆるパワーハラスメント（「パワハラ」）の問題である。

政府は、令和二年一月十五日、「事業主が職場における優越的な関係を背景とした言動に起因する問題に関して雇用管理上講ずべき措置等についての指針（以下、「パワハラ指針」）を公表した。

結論は、会社の業績が一定していて将来性があり、職場における社員間のコミュニケーションが良好な会社では上司の強い叱責も、わが身の不徳を詫びる反省として受け止めるであろうし、同僚もまた励まし、その苦境（成績不良）から脱出すべく協力するであろう。同じ言動でもパワハラにはなりにくく、その認定には厳しい要件が求められるであろう。

これと反対に、会社の業績が一定しておらず、将来性にも不安があり、職場における社員間のコミュニケーションもうまくいっていない会社では、協調と信頼関係も薄れているために、上司の叱責などの言動は常態化しやすく、パワハラに該当する可能性が高くなるであろう。

セクシャルハラスメント（男と女の立場）

日々のニュースや新聞記事を見ていると、セクシャルハラスメント（「セクハラ」）を耳にしない日がないほど日常茶飯である。

昭和六十（一九八五）年に成立した「男女雇用機会均等法」は、「男は仕事、女は家庭」というそれまでの固定観念を見直し、性（別）の呪縛から解放した点で意義は大きい。反面、女性活躍の期待が高まると、それに呼応するかのように、職場内において性的な嫌がらせが横行するようになった。このことは当然に予想されていたことである。

男女雇用機会均等法とそれに基づく厚生労働省告示（いわゆる「セクハラ指針」）には、事業者に相談体制の整備、事後の迅速かつ適切な対応、相談者・行為者等のプライバシーの保護、相談者の不利益取り扱い禁止の周知・啓発、等が義務づけられている。

対象となる労働者には、女性だけなく、男性も含まれるが、圧倒的に多いのは男性の上司（管理職）と部下の女性社員のケースである。従来は、忘年会の席上でよく上司にお酒をお酌する光景は普通であったが、今日では、その強要はセクハラに認定されよう。取引先との取引を優位に進めるためにクラブやスナックでの饗応に連れ出すのも同様である。カラオケで無理やりデュエットするのも同様である。つまり、上司あるいは男性の視点から良かれと思っている行為であっても、女性がそれを自発的に望まない場合は、すべてセクハラに該当すると考え行動するのが最善の予防策であろう。日本人男性の多くは「女性を守っている」意識があると思うが、その行為は誤解を招くおそれがあるので、庇護意識は捨て、職場においては対等なビジネスパートナーとして、クールに対応すべきである。

なにがセクハラで、なにがセクハラでないかは、判例も積み上げられてきて推理できるようになったが、油断は禁物である。ただ、「結婚の予定は？」「恋人はいるの？」など同じ言動でも、話す男性によって、女性がセクハラと受け取らず、日常会話の延長線でその会話を楽しむこともあるからやっかいである。男女の機微は特定者間では認識されても一般化できないだけにやっかいである。

有効な予防策がない現状において、私は、「ハラスメント認定士」なる国家資格を創設し、従業員五十人以上の企業に配置を義務づけることを提案したい。それも二名以上、理想的には男女それぞれ一名ずつ置くことができれば、現在の機能しない相談窓口の設置(従業員一千人以上の企業では九五％超が設置している)よりは、効果的ではないかと思っている。独断によらずに客観的に両性の判断・意見を仰ぐことができるし、境界線上の行為の適否が社員間に浸透するからである。

フェイクニュース

「嘘」と言えば、最近よく耳にする言葉に、「フェイクニュース」がある。「Fake News」(嘘のニュース)。かつてはテレビ、新聞、雑誌などのマスメディアのみがにせ情報、虚偽報道となりえた。特に報道機関によるジャーナリズムにおける虚偽報道は「捏造記事」と呼ばれ、その悪質性が問われその報道機関の姿勢が厳しく指弾され、当事者が職を失うこともまれではなかった。

平成元(一九八九)年四月二十日の朝日新聞夕刊に「沖縄県西表島のサンゴに『K・Y』の落書きがされている」という記事が掲載された。当事者のカメラマンは環境保全が叫ばれ始めた頃に早くも環境破壊がこの遠い離島の沖で始まっていることをスクープとして世界の人々を驚愕させ一躍有名になろうとした。しかし、その野望はもろくも崩れ、カメラマンは懲戒解雇、その他関係者は停職となり、朝日新聞社・社長は辞任に追い込まれた。

これまでは、「にせ情報」や「虚偽報道」は、報道機関と大衆の図式でとらえれば足りたが、今や情報の発信は限られた報道機関だけではなく、インターネット環境が整ったおかげで、誰もが簡単にできるようになった。結果、インターネットはフェイクニュースの流布に絶好の場を提供した。多数の発信者と大衆の図式に変容したのである。とりわけ政治の世界では政策の是非を論じる際に「敵か味方か」の党派対立を煽るツールとしてますます悪用されるため、その作成はさらに巧妙さを増している。受信者は、よどみなく流れてくるニュースフィードからそれが報道機関のジャーナリストが書いた記事であるか、一個人が書いた記事であるかを瞬時に見極めなければならない。その情報がフェイクなのかそれとも事実（ファクト）なのかは判別しにくいのが現状であるが、受信者は、自分に都合のよい記事には肯定的に、納得のいかない情報や記事には「フェイクニュース」として否定的に対応する傾向にあるため容易に送信者の陥穽にはまる。

好例として、二〇一六年のアメリカ大統領選の投票がある。「フェイクニュース」という言葉が、一気に認知度を高め世界の人々に広く知られるようになったのは、この大統領選挙で勝利したトランプ大統領が演説やツイートで好んで「フェイクニュース」ということばを使ったことがなにより大きいと言われている。そこには、高い政治性があり、人々を短期間に特定の方向・意思形成へ導く力とＳＮＳを使って瞬時に広く伝播する力（その気にさせる）を兼ね備えているということである。

フェイクニュースが悪意で行われた場合でも、「信じた方が悪い」、それがフェイクニュースの特徴である。このようにフェイクニュースの発生を規制する有効な手立てがない以上、受信者は、各種情報を比較して、真偽を見分けるメディア・リテラシーの強化以外に方法はないように思う。そして、最後の拠り所は、人間性教育に行きつくのである。中でも、幼少期における家庭教育、小学校低学年期の「嘘つきは泥棒の始まり」「人の悲しみがわかる」道徳教育の重要性につながってくるのではないかと思っている。

フェイクニュースが日常蔓延する状況下にあって、軽い冗談やほのぼのとした「可愛いうそ」が許された古き良き時代は終わった。北欧メディアなどでは二〇一七年から伝統となっていたエイプリルフールの記事を自粛するようになったという。正解である。

5　求道、宗教心のめざめ

古稀を過ぎて、読んでいて一番、腑に落ちるのは宗教書のような気がする。若い時分は、いろいろな意味で〝効率と生産性を上げる〟ために必要とする知識や合理性を追求していたが、それが、古稀を過ぎ人生も第四コーナーに入ると、改めて「生きること」の意味が分からなくなってくることがあり、答え(救い)を求めるからであろう。

幸い、私は、新型コロナウイルス禍にあって会社がテレワークや時短など業務形態の見直しを迫られた時期、令和三年五月のGWに日本の仏教学者・宗教家である紀野一義の著書三冊、現代に生きる仏教シリーズの『いのちの風光』『佛との出会い』『大悲 風の如く』と作家・遠藤周作の『死海のほとり』を読むことができた。

『死海のほとり』では、遠藤周作の描きだすキリストの実像に素直に感銘しながら、異教徒として糾弾されそうな自説を展開する作家魂に驚嘆した。そして、行きつく先は仏教が一番自分にはしっくり納まることを紀野一義により知らされた。多数の著書の中でこれら三冊しか読んでいないが私には十分で、これらを繰り返し読み込みことで仏に近づけるような気がした。

『大悲風の如く』の中で紀野一義は、法然、道元、親鸞、日蓮のそれぞれのひととなりを「知性」の人、「意志」の人、「理性」の人、「情感」の人と洞察している。その生い立ち〜活動〜教義・思想から帰結したであろう仏教学者の言説を検証する力のない私はそのまま信じたい。そして徒に見性《けんしょう》を追い求めることなく、座禅している姿そのものが仏であり、その中に悟りがあるという、道元の教えが私にはわかりやすい。

私は、子供の時分から両親の影響もあって、神仏に手を合わせることに抵抗はなかった。母は、よく私を連れて念仏講、百万遍の数珠回し、イタコの口寄せ、天理教の月次祭などに参拝していた。なかでも菩提寺であった円通寺（むつ市にある曹洞宗の寺院で、一時戊辰戦争で敗れた会津藩→斗南藩（三万石）の藩庁が置かれた寺院。本尊は釈迦如来）の「花まつり」（お釈迦様の誕生日とされる四月八日）に出かけ、甘茶をいただくのが楽しみだった。その香りと味がほの甘くて、なぜか誇らしく思ったものである。

父の朝は、神棚と仏壇に水を上げることから始まった。ほぼ毎日欠かさず上げていた。仏壇にはわずか一カ月余で夭逝した長兄の位牌が納められていた。コップの中に気泡ができると「今日はいいことがある」と言っては喜んでいた。それを見た私も一緒にうれしくなったものである。今どきの小学生なら、「水の温度が室温まで温められた結果、空気が溶けきれなくなって気体となって出ていく」とでも説明するであろう。非科学的に吉兆を感じるところに、周囲を温かい気持ちにさせるものがあった。

上京して大学三年生のときに、アルバイト先で知り合った東京神学大学の学生の誘いで救世軍の渋谷小隊（恵比寿）にしばらく礼拝した。救世軍は、年末恒例の社会鍋（クリスマスを中心とした年末に行われている募金活動）で有名なキリスト教の一派であり、彼に勧められるまま洗礼を受けた。その後、奈良吉野出身の妻と付き合うようになって、天理教の教理にも興味を持つようになると、彼との親交も次第に薄れ、礼拝することもなくなった。一方、天理教については、彼女の精神の背景を知りたくて修養科に三カ月間身を置いた。教えはきわめてシンプルである、というのが印象である。後述する死生観の中で持論を述べたいと思う。そして、現在は、夫婦の墓所を自宅近くにある曹洞宗の寺院に求めているのだから仏教にあるともいえるし、奈良県吉野郡の深山にある玉置神社の崇敬会にも所属しているのだから神仏混交にあるともいえる。言うならば、人智を超越したものの存在を信じる者としては、どの宗教であってもよく、宗派や開祖が誰であってもよかったのである。きわめてあいまいな求道であり信仰生活ということになる。

私は、かなり若い頃から、おそらく二十歳を過ぎた頃から、「生と死」、「死と生」は連続性のあるもので、日々、眠りから覚醒するのが「生」であり、眠りにつくのが「死」と考えていた。そして、この世に「おぎゃ～」と生まれ出た時（厳密にいえば受胎した時が）「生」であり、日々の「生と死」を繰り返し、やがて現世が終焉して目覚めることのない眠りが「死」であると考えていた。前者が「ミクロの生と死」であり、後者が「マクロの生と死」であると、勝手に命名していた。そして、ミクロの生と死が日常繰り返されるように、マクロの生と死も、悠久の時間のなかで繰り返されるのだろうと考えてきた。

　ミクロの「生」がより充実したもの、楽しいもの、豊かなものであるためには前日の「生」が同様に充実したもの、楽しいもの、豊かなものであることが望ましい。前夜、深酒を飲み翌日二日酔いすることがあるが、これは、前日の「生」を粗末にしたことの因果である。つまり、前日の「生」の心・姿を、そのまま写すのが今日の「生」である。それは、「一日生涯」を意味しており、永遠ということと密接不離の関係にある。つまり「ミクロの生涯」が、やがて「マクロの生涯」に通ずる一日であると考えてきた。

　マクロの生と死においても同様である。今日ある姿、現世の姿は、前世の因縁によるものである。つまり、善行を多く積んだものはそれなりの現世であり、そうでないものはそれなりに苦難を強いられる。ただ、いたずらに悲観することではなく現世において前世の因縁を納消することで、来世の「生」は豊かなものに生まれ変わると信じてきた。

　ミクロの「死」を怖がる人は少ない。なぜなら、翌日の朝も眠りから覚めると信じて疑わないからである。ところが、マクロの「死」を怖がる人は多い。現世で出会った人たちと二度と会えない悲しみや別れのつらさ、思い残すことが多くまだやり遂げたいことがあるなど、その事情は各人みな異なるからである。しかし、マクロの「死」もいずれ悠久の時を経て、生まれ変わるのだと考えれば、マクロの「死」をいたずらに恐れることはなく、長い眠りに入ったと考えればよい。眠りの時間は、悠久の時間の中の一瞬である。

マクロの「死」後、人はどうなるのか。これまで多くの宗教や賢人はその解を示してきた。大雑把に分類すると、仏教では現世で善を積んだものは極楽へ行き、悪行の数々を積んだものは地獄へ堕する。キリスト教では、前者は天国へ、後者は仏教と同様に地獄へ堕ちる。

ここに、少数ではあるが、バラモン教のようにその死生観を「輪廻」とするものもある。人は何度も転生し、それも人としてだけでなく動物などの生類に生まれ変わるとする。私も、生まれ変わるという死生観である。つまり「出直し」観である。日本の神道は国際的分類からは「民族信仰」の類に属するのであるが、天理教でも宗旨の根幹はこの「出直し」である。哲学者の梅原猛氏は、アイヌなどにも同じ死生観が垣間見えることから類推して縄文時代の人々も同じような考えをしていたのではないかと述べている。

その他、出直し観については、岡潔氏（数学者で文化勲章受章者）も著書『岡潔集第一巻から第五巻』の中で随所にその思想が描かれている。また、古くは、俳人芭蕉の『奥の細道』の「月日は百代の過客にして、行きかふ年もまた旅人なり。舟の上に生涯を浮かべ、……片雲の風に誘われて、……漂泊の思ひやまず……」もこれに近い思想・悟りではないかと思っている。

春に桜は花をつけ、初夏には新緑となり、暑い夏を過ぎてやがて秋を迎えて葉が落ちる。そして、初冬には早くも枝の先に小さな蕾を付けて、来春の開花の準備を始める。命を繋ぐ連綿とした営みを感じる光景である。一代限りでない命の永遠さを教えてくれる。マクロの生と死もこれと同じだと思う。悠久の時間を過ぎて、人もまた新しい装いでこの世に現れるのだと信じている。ただ、来春に咲く桜の花は、今年とは違い決して同じではない。春から秋にかけて受けた土壌からの栄養分や水分、日照時間等で元の樹は同じでも咲く花は違う。人も同じ魂であっても現れ方は現世での生き様によって違った人に生まれ変わるのである。

「出直し」観を持つことにより、人は、刹那主義的・現世至上主義的な利益のみ追い求めるような欲深さを捨て、他者との共存を図るような心に変わる、来世・未来に強い願望を投影し、ひいてはそれを実現するために現世で努力をしようという心に変わるのである。

これも私が二十歳の頃に抱いた世界観・宇宙観であるが、この世・地球を含む全宇宙に生きとし生けるもの、すなわち人のみならず人以外の生き物にはすべてに固有の魂があり、その魂と神とは何らの信号のようなもので結ばれていて、その数は、無限に近いが有限であって、その数によって全宇宙は調和している。魂の集合体は球体を成し、神との距離は時間的に同距離にある。ただ、個々の魂は、人もその他の生物も大きさ、形はまったく区別なく平等であるが、魚類、爬虫類、獣類、人類という具合に色合いが異なり、前世の善行の程度に応じて分類されている。その中でも人類は、多少の悪行をしたとしても「大自然の善意」（岡潔氏が、仮定として使っている）によって、来世もまた人類・人に生まれ変わる確率が高い存在である。マクロの「死」は、来世のマクロの「生」のための眠りの時間である。

以上が、私の死生観である。したがって、今、古稀を過ぎて、来世に繋がる生き方はどうあるべきかは、自ずから結論づけられてくる。それは、ミクロの「生」を大事にすることである。つまり、「一日生涯」の心で送り、その延長線にマクロの「死」を見ることである。

そして、最後の求道の処方として、無心の世界への希求がある。無心のことばから連想する歴史上の人物に江戸時代後期、曹洞宗の僧侶であった良寛上人があげられる。山中にひとり棲んで自然の声に耳を傾け、里におりては子どもたちと手毬つきやかくれんぼなどして日の暮れるのを忘れ、酒を飲んでは田の畔に眠ったという。平均寿命が三十歳〜四十歳と推測される江戸時代において満年齢で七十三歳まで生きられた僧侶である。かずかずの逸話からは無心に子どもたちと戯れる姿が想起され、純真で無欲恬淡な性格が滲み出ていてどこか懐かしい。人々に道を説く禅僧よりは、遊戯三昧の人で、歌人、漢詩人、書家として名を成し、慕われたのがわかるような気がする。

残された書にはむずかしい漢詩を書いた人とは思えないほどに稚拙な、まるで子どもが書いたようなものもある。それがまた、屈託なく偉ぶることのなさが人心に共鳴するのであろう。草書は、解説がないと読めないが、全体のなかに調和した安心感を与えてくれるから不思議である。

良寛上人が好んで書かれた古語に、

君看雙眼色――君看よ雙眼の色

不語似無憂――語らざれば憂い無きに似たり

がある。芥川龍之介もこの古語が好きだったと聞く。生きることの悲哀のようなものを感じさせる詩であるが、人間には、だれにでも双眼の奥の方にこうした陰影とか色というものがあるのであろう。私も芥川龍之介に真似て、この歌を気取って朗ずるのが好きだ。

無心は、瞬時にして心の汚れを洗い切り、回生の妙薬となる。

Ⅲ　社会人としての責任と役割

論語の為政から、よく聞かされる言葉に「三十にして立つ（而立）、四十にして惑わず（不惑）、五十にして天命を知る（知命）、六十にして耳順《したが》う（耳順）」がある。私の両親はこれらと若干異なるが、「男女七歳にして席を同じゅうせずと言うように七歳が人生の大きな区切りだ」とよく言っていた。十四歳は、異性を意識し（初恋、精通と生理）、二十一歳は、男は兵役に服し女は嫁ぐ、二十八歳は、男は結婚して所帯を持ち、三十五歳から四十二歳では一家の大黒柱となって家族を支え、四十九歳は使命を自覚して社会に貢献する。そして四十九歳までの働き（実績）がその後の人生を決める。いずれも満年齢ではなく数え年であるが、これらは、ごく普通の人が歩む〝人生の指標となる年齢〟を言いえたものであろう。

人生の指標として、これを基準に自分の歩んだ道を比較するのも一興である。

1　自立、自律性の尊重／衣食住の確保

年齢を七歳で大きく区分する指標のなかでも、両親が強調したのは二十八歳の重要性である。これは「為政」の「而立」にあたるのではないかと思う。「三十にして立つ」は、社会で自立していけるだけの人物に成長し、「自分を磨き、よき家庭を築く……」ことであるが、結婚することで一人前の男になることを意味すると解するからである。

自立するとは、能力や経済力、身体などに関し、他者に依存せずに行動することであり、「外的要素の独り立ち」である。他方、自律性は、自ら考え、行動を起こすこと、自らの規範を打ち立て、その規範に沿って行動する性質をいい、「内的要素の独り立ち」である。これら外的要素と内的要素が、一人前の男になるためには必要ということなのだろう。

世の中の結婚観も平成の時代に入って大きく変わったが、社会人としての責任と役割を果たすためには、これら内外要素の独立性の重要性に変わりはなく、そのもっともわかりやすい目標が、「衣食住の確保」であると思っている。マズローの欲求段階説でいうところの「安全・安心の欲求」の実現であると思っている。その最初の扉が就職である。

(1)就職

過去のできごとがどのように影響してくるものか、その時は誰も予想できないから人生はおもしろい。「立ちはだかる学歴、学校群の壁」で紹介した体験が後に意外な展開となる。まさに私にとっては人生の流転である。この微妙な差配、神のシナリオは自身の意志とは別の方向へ導くからおもしろい。

一つは、高校一年生の英語の家庭教師の募集に応募したら、みごとに親御さんから「希望は国立大学か私立なら早稲田か慶應です」と断られた話をしたが、それ以来、学生会館の職員は私をなにかと気遣ってくれるようになった。そして紹介してくれたのが、渋谷区神宮前・原宿にある(社)日本看護協会の夜警のアルバイトだった。

(社)日本看護協会は、日本最大の看護職能団体で、下部組織として四十七都道府県にそれぞれの看護協会を持つ総本山である(令和二年度の会員数は約七十六万人に及ぶ)。主たる活動の一つに看護婦、助産婦、保健婦等のスキル向上のための各種研修や教養を深めるための講座が企画され、研修にはトップレベルの専門家が当たり、教養講座には時の著名人が招かれることが多かった。研修は短いものでは数日から、長いものでは二〜三カ月におよぶものもあった。なかでも長期の研修には派遣元の県や病院・医療施設からそれなりの人が選ばれて出席していた。また、日本看護協会に関連する政治団体として日本看護連盟があり、看護職の地位向上等に関わる政策提言活動など全国的に展開しており、圧力団体としても相当の政治力を有していた。

建物の中には、研修用の教室がいくつかあり、併設して宿泊施設もあった。研修生たちは授業を終えると、外出しては東京での生活を楽しんでいた。夜警の仕事はこれらの人たちの出入りを確認し、午後九時に戸締りをすることであった。勤務は夕方六時から翌朝六時までである。警備員は、少し年輩で弁護士をめざして勉強中の男性Ｋと二人。すぐに打ち解け、互いに都合を調整しながら、早番遅番を決めて仕事にあたった。

二つは、大学三年に入って、外交官中級試験のことで「中級試験の合格者の多くは外語大学、私立では早稲田、慶應、たまに中央ですね」と外務省の職員が教えてくれた話をしたが、この話をＫに話すと、「工業高校を出て、いま法律を学んでいるなら弁理士という仕事がいいと思う。特許や実用新案、意匠、商標といって景気に左右されずに収入も多い職業だから」と勧めてくれた。ただ、電気が嫌いで逃げてきた自分にとって、いかに電気の知識と法律の知識をともに活かす理想的な職業かもしれないが、二の足を踏んだところ、ならば、「いっそうのこと司法試験を受けてはどうか」と話が段々と飛躍していった。

しかし、人は、明確な目標がないままに、「とりあえず」の感覚で、動機が不純だと事は成就しないものである。夢だけが一人歩きして勉強が身につかなくなっていく。卒業を前にして看護協会の正職員にならないかと勧められたが、いましばらく夜警をさせてほしいと願い出て、卒業後も居続けることになった。この選択は、私をすっかり「ゆで蛙」状態に変えてしまった。人は、易きに就くと怠惰になり、いつの間にか所期の目標も薄れていく。結局、居心地が良く、そのまま数年間お世話になった。

一方、上京して、新聞販売店に入り、生活費と学費を工面できたことで、「生きる」ことに妙に自信があった。幸い健康体であることもあり「新聞配達ができたのだから、なにをやっても生きていける」と思うようになった。この「生きる」自信は、結婚を早める結果になった。そして、結婚を機に、夢に終止符を打つ決心ができ、就職先を真剣に探し始めた。しかし、スキルのない私には、いわゆる「司法試験崩れ」としての現実が待っていた。

「縁は異なもの」である。以下は、昭和五十二年十月、内野建設株式会社（当時は株式会社内野工務店）に入社した経緯を記した就職のエピソードである。入社当初、三年くらいで退職するだろうと思っていたが、定年を過ぎ古稀に至り、なお在職している。四十六年もお世話になっているのだから自身笑ってしまう。世界を駆け巡り色々な文化や歴史の遺物に触れたいという夢は薄れ、いま納まるところに納まりここにあることに苦笑している。

経緯は、『新・老年書生の境地』で既に記してあるが、ちょっとした運命のいたずらが人生を変えることになる事例として改めて紹介したいと思う。

今日でこそ個人情報保護のもとで不本意に個人に関する情報が流出することに企業は神経をとがらせているが、当時ははるかに人権意識が緩かった。しかし、そうしたことが想定外の人生を歩ませるきっかけとなったのだから滑稽である。

その年の秋、私は某信用金庫の中途募集に応募した。大学を出てからしばらく寄り道していたが、そろそろ正職に就くことを真剣に考えていた。そんな矢先、新聞の求人広告欄に求人広告を見たのである。

試験当日、私は受験しなかった。自分の性分から銀行マンは向いていないと結論づけたからである。ところがそれから数日して内野工務店の総務課長から突然自宅へ電話があった。「当社の社長がぜひ一度お会いしたいと申しています。ついては○月○日○時に当社までお越しいただきたいのですが……」。私の履歴書をどんな経由で内野工務店の総務課が入手したかは知るべくもなかったし、別段詮索することもなくすぐに快諾した

当時、私は葛飾区小菅に住んでおり、内野工務店の所在地は練馬区栄町である。面接は旧社屋の二階で行われた。弱冠四十七歳の社長は、見るからにエネルギッシュで言葉の端々に勢いがあった。面接は淡々と進んだように見えたが、社長が受けた印象は履歴書から想像したものとは違ったようだった。

当時、内野工務店は中小建設企業としてその仕事ぶりを認められ、施工能力も年々上向き、給与所得者向け中高層共同住宅の建築では一定の評価を得ていた。その背景には住宅金融公庫（現、住宅金融支援機構）からの融資のほか、某信用金庫を含め複数の市中銀行から容易に融資が受けられるまでに成長していたからである。

私の履歴書が内野工務店にたどり着いた理由は意外なものであった。

社長が某信用金庫の理事長室を訪ねたのは、中途採用試験の当日であった。理事長の机の上には、応募者からの履歴書が無造作に積まれていた。それに社長が関心を示されたのである。当時、成長段階にあるとはいっても中小建設企業が大卒者をそう簡単に採用できる時代ではなかった。聞けば、履歴書の山は不合格者か辞退者のものだという。そこで社長は履歴書を隈なく手に取り、その中からめぼしいと思われる履歴書を一枚取り上げた。それが私の履歴書だった。「これを私に貸してもらえないか」と理事長に伺いをたてると、理事長はすぐに快諾されたという。

個人情報が書かれた履歴書を貸してくれと頼む方も頼む方なら、快諾する理事長も理事長である。が、当時はこの程度に人権意識は薄かったと言えるし、周りもそれを許す風土があったように思う。

ところが会っては見たものの、思い描いていた人物とは違っていた。二時間程の面接の最後に提案された採用条件はこうである。「君が今住んでいる所は遠い。当社は残業時間も多く、毎日のこととなると続かない。会社の近くに当社が建てたマンションがあるがそこに一カ月以内に引っ越ししてくるなら採用しよう」。

通常こうした条件は「不能条件」に近く無理難題である。不採用の言い分であるから私が辞退すれば一件落着で終わったはずである。ところが私にとってこの条件は「無条件」に等しかった。既に子供を抱えての生活があったし、「相手の〝引き〟が強い場合にはその引きに従う」が持論であった。「わかりました。引っ越しします。どちらへ引っ越しすればよろしいですか」「ええ？　奥さんと相談しなくていいのか」「はい、大丈夫です」。

人生は、多かれ少なかれ不条理な事柄の連続である。これをある者は、「不思議な縁」と言い、またある者は「宿命」とか「深い過去からの因縁」と言うのであろう。

入社日が決まり、給与も決まり、引っ越し先も会社から車で十分ほどのマンションに決まった。現在の有楽町線小竹向原駅と隣接する場所に建つ五階建てマンション（現在は取り壊されて残っていない）が新しい生活の本拠地となった。部屋は２ＤＫ 四十四平方メートルで、決して広くはないが親子三人には十分な広さで、築年数も浅く、こざっぱりとして住みやすそうなマンションだった。

昭和五十二年十月三日、入社初日。総務課長を訪ねると、私の所属先はまだ決まっていなかった。そもそも「招かれざる客」であったからその存在すら忘れられていたきらいがある。しばらくして営業部長が社長室へ呼ばれ私を迎えに来られた。しかし、営業部長も、私が特に求められた人材ではなかったのであるから、その配属に苦慮している様子がすぐに分かった。当時営業部には営業課のほかに渉外課という部門があり、渉外課には年配の男性社員が二名いた。誰もが敬遠していた部門である。社長の意向を忠実に汲んだ配置となればまさに私の所属先にぴったりの部門である。しばらくすると営業部長の頭によいアイデアが浮かんだようで、ニヤッと笑って「原田君、あっち（渉外課）へ行けや」……私の配属先が決まった瞬間である。

渉外課の主な仕事は、当社が建築を進めるうえで建築予定地に隣接する近隣住民に建築計画を説明しその承諾を得ることである。昭和五十年代に入ると世情ではとみに「環境権」なる権利が意識されるようになった（環境権そのものを認めた判決はないものの、一般的には「健康で快適な環境の回復・保全を求める権利」と定義されるが、具体的には日照権、静穏権、眺望権などをさす。憲法第十三条（幸福追求権）や第二十五条（生存権）が根拠の一つである）。そのため建設会社にとっては建築のための規制が従来にも増して厳しくなり計画通りの建築が難しくなっていた。

　この頃から、代々続いた農家の中に将来の相続対策の一つとしてマンション建築を計画する人が増えていた。当時の練馬区条例によれば建築確認申請を行うには一定の近隣住民から一定数の承諾を得ることが絶対条件であった。建築主（施主）からすれば、近隣の了解のもとで円満に建築できることが理想であるし、会社からすれば、近隣紛争のない状態で予定納期内に建物を竣工し引渡すことが建築主の信頼を高めることにつながる。渉外課に求められる力量は、できるだけ早期に近隣住民から一定数の承諾を得ることであった。

　例えば、それまで静かな環境の中に突然マンションの建築が計画されたとする。すると一般的には近隣住民にはなんらかの生活障害が発生する。日照阻害、風害、眺望が遮られプライバシーが侵害される、工事期間中の騒音や振動、学童の通学時間帯の安全確保、工事車両の運行、壁へのクラックの発生、雨漏りや雪害など、個体毎に問題は千差万別である。渉外課は、これらの問題を迅速に処理する能力が求められるため、みんなが敬遠していた。当然、中途入社の私への関心は薄く、毫も期待されるものではなかった。嫌になって辞めたければ辞めればいいし、続ける意志があれば続ければいい。

ところが、私は、人間関係の絡み合い縺れ合いをあまり気に掛ける性分ではなかった。来る日も来る日も近隣住民に配付して説明する建築計画案を鼻歌まじりで青焼きしていた(今でこそあっと言う間に必要枚数をコピーできるが、当時は一枚一枚青焼き機械でコピーしていた)。周囲にはよほど能天気にみえたか陽気な人間とみえたであろう……。その性分が奏功してか近隣説明会も比較的順調に推移した。

そして、相続対策の一環としてマンション経営が世の関心を引くようになると、受注件数も増え渉外要員の補充が必要となった。そんなときに新たに渉外課に配属されてきたのが、私とまったく生年月日が同じＯ君であった。

生年月日が同じ人間はそう身近にいるものではない。あっという間に仲良くなり、よき競争相手として求められた仕事を確実にこなしていった。ただ、決して全力投球するのではなく、「俺たちは会社からすれば落ち穂拾いの落ち穂だな」と半ば、負け惜しみ自嘲しながら、能力をひけらかしていた。まさに「招かれざる客」の振る舞いだった。いま思い出しては本当に恥ずかしいかぎりの昔日のシーンである。そのＯ君も事情があって五十八歳で退職している。私は創業社長との相性も良かった(?)せいか、七十四歳を過ぎてまだお世話になっている。

(2)創業経営者に魅せられて

就職して三年勤まればいいと思っていた。同僚のＯ君とは、小笠原諸島で一緒に暮らすのもいいと真剣に考えていた。反面、仕事は楽しく充実していた。夜討ち朝駆けで、近隣住民から建築計画の同意を求めて歩いた。近隣住民とは、建築予定地の境界線から建物の高さ相当の線で囲まれた範囲に居住する人のことで、家庭を持っている人だけでなく、学生などの単身者も対象に含まれていた。どこから攻略するか、いつ説明に行くか、住宅の密集度、職業などを事前に調査しては、建設反対運動に発展しないように、用意周到に進めた。そして居住者の三分の二の同意（練馬区の指導要綱での要件）を獲得するまで、日曜、祭日も厭わず、気を抜かぬよう互いに競い合った。会社も同意書を順調に獲得できるようになると、着工時期、竣工・引渡時期、完成工事高がより確実に立てやすくなったことから、われわれに対する評価も徐々に変っていった。その後、O君は営業へ、私は総務へ異動になり二十数年が経過した。そして、O君は社長の経営方針というよりは、その経営哲学に同調できず定年前に退職したが、私は鷹揚でそれに拘泥しなかった分、今日に至っている。

　人には、小集団が好きな人もいれば嫌いな人もいる。同様に大集団でないと力を発揮できない人もいれば、そうでない人もいる。自分が望む集団（人数の規模）でその力を存分に発揮し活躍できれば理想であるが、どこに所属するかは自分では決めることができない。だから経営者と対峙して身を引くのも選択肢の一つであるが、そこまで意志が固くない場合には、置かれた部署で力を発揮することが肝要で、それが適者生存となる。

　また、経営者がどのような経営哲学を持った人であるかは、単なる上辺だけの人なのか、実践のともなう人なのか、よく観察したうえで判断する以外に方法はない。ただ、体験的に言えることは、

「就職するなら優良中小企業が最善である」ということだ。とりわけ創業経営者で堅実経営を旨とし、併せて社員の利益にも配慮し、社員とともに未来志向の経営者には人を引きつける魅力がある。なにより自身の将来設計が立てやすい。それは人生を豊かに生きるための保証書を得たに等しく、自らを鼓舞し成功に導くからである。

新型コロナの影響で不本意ながら多くの中小企業が業績不振に陥り、廃業に追い込まれた企業も多いなか、自分の判断は間違っていなかったと安堵している。

さて、「招かれざる客」として入社した私が、創業経営者のどこに魅せられたかである。一言でいえば、「堅実経営を旨としながらも己の能力の限界に挑戦する姿」に引かれたということである。数ある功績のなかでも、特筆すべきは、中小建設企業では無謀と言われた「デミング賞実施賞中小企業賞」への挑戦とその獲得であろう。この栄誉ある賞は、中小建設企業ではわが国最初の受賞である。受賞は、社長の純粋で強烈な思いの成果である。受賞にいたる経緯は以下のとおりである。

一九八〇年代の建設産業を取り巻く外部環境を概観すると先行きに不安をかかえていた。

原油価格の値上げによる諸物価の高騰により、建築資材、労働賃金、諸経費が上昇し、建設費の上昇が建設需要を停滞させる傾向にあった。また、政府がインフレ対策として金融引締めを行い、金利の引上げ、融資制限を実施すれば設備投資にブレーキがかかり、建設需要が一層冷え込むことが懸念されていた。市場環境の悪化と景気停滞が進めば当然企業間競争は激しさを増してくる、そうした不況時代が迫ってくる環境にあった。

こうした環境の中、どこの会社も生き残るための戦略に苦慮していた。不況から脱出するために何をすべきか模索していた。簡単に他社との差別化を図ると言っても、自社の強みと弱みをしっかり分析し、競合他社に関する正確な情報を持っていたわけではない。競争優位に立とうとすれば、人的資源、物的資源、情報収集力など会社の総合力を正しく把握したうえでの戦略の見直しが求められていた。

一九七〇年代後半〜バブル期は、当社がそれまでになくヒト、モノ、カネ、情報に積極的に投資した時代である。昭和五十三年には自社ビルが完成しており、当時会社の建屋は練馬駅周辺で最も高い建物だった。また、組織改革と品質保証にかける経営者の執念には鬼気迫るものがあった。この時期は毎年のように会社組織や規定類を見直されている。いかに少ない社員で組織力を最大限に発揮できるか、少数精鋭を常に模索していたように思う。

社長は勉強家であった。「自分はちゃんと教育を受けてこなかった」からと言って、社長室の書棚には松下幸之助著『実践経営哲学』（ＰＨＰ研究所、一九七八年）と『松下幸之助発言集』が第一巻から第四十五巻まで並んでいた。なかでも『実践経営哲学』は読み込まれていたように思う。同調した箇所には力強く赤で線が引かれていた。その他、実務的には『中小企業の経営計画のつくり方と実例』（竹山正憲、日本法令、一九七七年）や、『建設会社の運営マニュアル』（建設産業経営研究会編著、清文社、一九七八年）は、繰り返し読み、参考にしていたように思う。

　そして、たどり着いたのが、ＴＱＣ（全社的品質管理）の導入・実践であった。中小建設企業から中堅建設企業（いわゆる中堅ゼネコン）へ脱皮するためには、ＴＱＣに裏打ちされた品質保証システムの構築が急務であると察したのである。ＴＱＣは、それまでの懸案事項をすべて包含し、一気に問題を解決する秘策に映ったのである。

　当時、すでにＴＱＣを導入して成果を上げている建設企業としては、（株）竹中工務店・昭和五十一年度（一九七六）、鹿島建設（株）・昭和五十三年度（一九七八）、清水建設（株）・昭和五十四年度（一九七九）がある。いずれもスーパーゼネコンである。それは豊富な人材に恵まれているから実現可能なのであり、人材の乏しい中小建設企業にはあてはまらないという固定観念があった。

「私は、下請けも含めた全社をあげた質の向上を目指さなければ、これからの建設業はやっていけないと判断し、ＴＱＣを導入して建設会社としての高みを目指そうと決断したのです」と後に述懐している。新社屋にふさわしい内容の充実、質の向上の必要性を宣言したのである。

　この本気度を即実行に移すところが凡人と違うところである。ＴＱＣ（とりわけＱＣ手法）の普及啓蒙に力を入れていた日本科学技術連盟（通称「日科技連」）を訪ね、相談したところ西堀栄三郎先生（第一次南極越冬隊長、日本山岳協会会長を務めた）を紹介された。さらに統計に造詣の深い鐵健司先生、そして鐵先生の恩師でありわが国品質管理の第一人者である朝香鐵一先生を紹介されるに至ったのである。なんども日参しては断られ、それでもめげずに最後にこの大御所を根負けさせたのである。こわいもの知らずの執念のなせる業である。こうして指導講師の陣容は他社も羨むほどに整ったが、それが苦難の始まりで、受賞に向けた活動は、その後数年に及んだ。

　建設業にはＴＱＣはなじまないという先入観を持つ社員の多い中での導入決定であるから、まずは、それら導入に消極的な社員に対して、その誤解を解き、建設産業においても汎用性があることを家族（とりわけ奥様方にも）啓蒙することから始めなければならなかった。そのため、社長は、自ら「率先垂範」する姿勢を社員に見せることで、強いリーダーシップを発揮し、その障壁をみごとに打ち砕いた。時々引用した言葉に、山本五十六元帥の「やってみせ 言って聞かせて させてみて ほめてやらねば 人は動かじ」がある。そのうえで、管理職には、組織の先頭に立って部下たちに模範を示すことを強く求めた。

　社員の次は、協力業者への教育である。建設産業の特徴の一つは、外注依存度が高いことである。これら下請協力業者の協力なくして建築物を造り上げることはできない。共存共栄の理念のもとで一体となってＴＱＣに取り組むべき必要性を唱えた。ただ、品質管理意識の啓蒙は社員を相手とするのと違い一筋縄では行かなかった。ＴＱＣ推進室を創設し、最初に取り組んだのは、主要協力業者幹部を対象にトップセミナーを開催し、社長自ら品質管理意識の重要性を訴えたことである。主要協力業者から成る「内友会」も結成された。

　活動から二、三年して、ある程度ＴＱＣの成果が出始めた頃から、「社長診断会」が定期的に開かれるようになった。各部門が社長年度方針に対してどのような活動を重点的に行いどのような改善を見たかを社長ならびに指導講師の面前で報告するのである。とりわけ朝香先生の指導は厳しく各部門長には修羅場であった。今日では人権問題の及ぶような発言はあたりまえで、褒められたためしがない。歯に衣着せぬ指弾は朝香先生の持ち味であるが、言われた方はショックで寝込む始末である。指摘を理解していないと見ると、「君は蛙の面に小便だな」、という具合である。

　こうして活動も成果をみるようになると、その成果を発表する機会が設けられた。小集団活動の成果はＱＣサークル大会への出場となり、方針管理の成果は練馬文化センターに七百人余を集めて報告された。内外に内野のＴＱＣ、中小建設企業でもできることを証明するための貴重な機会となった。

　紙幅の関係もあるので、受審までの活動は省略するが、受審を前にして、社長は、受審者の心構えを次のように授けている。

「昭和五十六年以来、私たちは数多くのデータを収集し、年を追うごとに、新しい視点から解析する目を養ってきました。一歩々々着実にデータを管理する習慣を身につけてきました。経験的解答が正解であることを、いくつもの改善事例を通して確認してきました。また、これまで、内野工務店が低経済成長下においてなお、他社を寄せつけない強みを維持してきた理由も明らかにすることができました。

　ＴＱＣ導入の成果はなにかと一言で言い切るとすれば、それは、わが社の本当の実力を表からも裏からも立証でき、次へのステップの足固めができた、とうことになりましょう。これからの限られた時間、多くのデータをよりよく層別し、審査にあたる諸先生方に簡潔に表現できるよう作業を進めることが、これまでの成果を最大限に発揮する唯一の方法だと思います。データに裏打ちされた活動を思い、自信をもって、しかし、謙虚な態度で受審に応じることが肝要です」。

「デ賞受審は品質経営の一里塚である」とは、社長が機会あるごとに述べられた言葉であったが、受審日を目前にして、これほど私たちを勇気づける言葉もなかった。デ賞の重みをはね返し、平常心で立ち向かう自信を与えてくれたからである。

デ賞受審日（八月二十四日）が刻々と迫り、各部・課では追い込みに懸命であった。数年間に及ぶ活動の成果がわずか一日で問われる苛酷な一日を前に、私たちは、かつて体験したことのない緊張と重圧との闘いの中にいた。

そして迎えた昭和六十年八月二十四日（土）、デミング賞実施賞中小企業賞の審査が行われた。審査会場は本社ビルのほか、数カ所の建築作業所で行われた。審査員は総勢六名である。審査は思いのほか順調に推移した。

審査を終えて、何人かの社員にそのときの心境を尋ねた記事がある。それによると「一瞬にして怠惰になれることの不思議」「よく体がもったと思います」「準備期間中は苦しかっただけに、受審日そのものは楽しかったような気がする」「当日、一問の質問もなく、五年間苦労して質問ゼロで拍子抜けした」等々、一様にデ賞の呪縛から解放された心境を述べている。社員の環境適応能力は高く(?)、デ賞受審後は目標を失って抜け殻になったようで、しばらくの間、あちこちで受審シンドローム(気力がなくなり、判断力が鈍り、動作が緩慢になる症状)が現れた。

昭和六十年十月二十四日、デミング賞委員会から「一九八五年度デミング賞実施賞中小企業賞を授与する」旨の連絡が入った。その瞬間社内は大歓声に包まれた。昭和六十年正月研修の席上、社長より正式にデミング賞獲得宣言がされてから短期間の快挙である。これまでの活動が認められ、建築に関する品質管理の優秀性が外部の審査によって実証されたのである。この受賞は、建設企業では竹中工務店、鹿島建設、清水建設に次ぐもので、中堅中小建設企業では最初の受賞である。まことに身に余る栄誉に輝いたのである。

他人には〝身の程知らずの挑戦だ〟と笑われ、そしられながらも愚直に初心を貫いた創業経営者・内野三郎。私が魅せられた理由がそこにある。今は鬼籍にあり、さぞかしはにかんでいることだろう。

2　人間の本源的欲求／子孫の繁栄

人間の三大欲求といえば、「睡眠欲」「食欲」「性欲」があげられる。その発現する順序は、一般的には睡眠欲と食欲は同時並列的に、そして最後が性欲という具合である。赤ちゃんを見ていると、一日の大半は寝て過ごしている。個人差はあるものの産まれて間もない赤ちゃんは、一日に十六～二十時間ほど眠る。生後三カ月を過ぎると一日の平均睡眠時間は十五～十六時間と少なくなり、昼間に起きている時間も長くなっていくが、まだまだ眠りの中にある。

一方、食欲もまた旺盛である。おっぱいに反射的に吸い付いて栄養を取りに行く能力を本能的に備えており、それが驚異の成長を遂げる原動力となっている。その結果、体重は一年後には約十キロ、生まれたときの三倍以上に増え、身長も一年で約二十五センチ、生まれたときの一・五倍以上に伸びるといわれている。そして、一日のカロリー摂取量は、体重一キロ当たりで換算すると約百五十キロカロリー（大人で四十～五十キロカロリー）と言われているから、体重四キロの赤ちゃんで五百～六百cc の母乳かミルクを飲むことになる。

これら睡眠欲や食欲に比べると性欲はゆるやかに発現する。この性欲の程度はそれぞれで違うが、通常は、思春期を迎え、異性に興味をいだき、恋しいと思うようになる十代の後半から二十代にかけてより強くなる。体験的にも、好きな人と一緒にいたいと思う時期、相手の「今」が気になる時期は、この青春の性欲が強くなる時期と符合している。この時期に異性との出会いがあれば、その後、結婚に発展する確率は高くなると思っている。ところが、その出会いが意外と少ないのが今日の結婚事情であり世相である。

「結婚する」ことがそんなに難しいものとは知らなかった。私が結婚した昭和四十年代後半は、ほとんどの団塊の世代の若者は政治活動から距離を置くようになり、企業戦士に転向している。そして、結婚する男性（一九七〇年代は戦後の婚姻数の統計のピークだった）や子どもを産む女性の割合が徐々に増えていった（団塊の世代の女性が結婚、出産期を迎えたことで昭和四十六年～四十九年には第二次ベビーブームが到来し、毎年約二百万人が誕生している）。その背景には、従来の家制度の意識が薄れ、核家族による家庭指向が強まり、恋愛結婚が見合い結婚を越えた時代である。経済力がなくても、愛さえがあればどうにでも生きていけると自信が持てた時代で、「明日の糧さえあやしくても」結婚を選んだ時代である。学生結婚も珍しいことではなかった。中には、学生運動の同志と所帯を持った学生もいる。

　経済力や社会制度の充実を叫ぶ前に、結婚することで他者に依存せずに自立し、価値観や信条、理念や哲学など個人の内的要素に関して支配や制約を受けずに互いの自律性を尊重することを選んだのである。

　ところが、団塊の世代が指向した結婚観は今やすっかり変化し、それを押し付けることは嫌忌されるようになった。結婚年齢が上昇し、晩婚化、非婚化さらには同性婚の合法化という具合に多様性への配慮が欠かせない時代になった。また、結婚したとしても共働き所帯が増加することで子どもの数が減少に向かい、少子高齢化にいよいよ拍車がかかった。この傾向は、とりわけ平成に入ってから顕著になったと認識している。

　結婚事情の変化や少子高齢化の背景については、すでに多くの専門家や識者が指摘しているが、私は、第一に、高等教育の普及、とりわけ大学進学率の向上による結婚年齢の上昇をあげたい。批判を承知で言えば、みながみな大学教育が必要か。大学は真に学問を究めたい人に開かれた高等教育機関であるならば、わが国は大学の数が多すぎるのである。すぐに専門的キャリアの必要性を説き、ＯＥＣＤ諸国との比較をする向きがあるが、高等学校を義務教育とすれば社会で生きるための知識は十分に習得できると考えている。いつの間にか社会へ出ることをためらう「モラトリアム人間」を作っているのである。

第二は、個々の価値観やライフスタイルの変化によるもので、意識的に結婚時期を遅らせたり、あるいは非婚を通す人も増えてきたが、結婚にともなうリスク（たとえば、出産や育児にかかる費用、就学後の教育費や医療費の負担など）を過大に恐れていないかということである。一人で気ままに生きることは楽でいいが、いつも「負」を回避する選択は、人生を豊かにしないと思っている。あまりにも（賢いゆえに）先案じして将来を見てしまうから、変化がこわくなり、保守的な道を選択してしまうのではないか。「苦あれば楽あり」「楽あれば苦あり」が人生である。結婚にともなう意義（後述するが「乳幼児期の記憶の空白期間」を埋めることによる人格の完成）を悟ることの方が重要であると思っている。

第三は、人間には生殖年齢があり、たとえ医学がいかに発達しても、生命の旬をはずしては、むしろ人生におけるリスクは高まると考えている。今日、この生殖年齢を惑わす刺激があまりにも多すぎるのである。人間は苦よりも享楽主義に陥る傾向にあるから、目の前の誘惑には弱い。スマホが普及して多く情報が入手でき、それを活用する方法も多様化高度化したことで、ますます享楽指向は強まっている。ここに、「青春時代の性欲は、人間の本源的欲求である」ことを忘れ去ったのではないかと思っている。子孫の繁栄は、「自己実現の欲求」の前に優先順位が下がり後方に追いやられているという皮肉である。合計特殊出生率の年々の低下はそのことの表れだとみている。

(1)結婚／妻との出会い

最初に留意すべきは、性欲は、イコール「性交」を意味しないということである。「性交」は、人を愛おしく思う心、恋しく思う心の心的感情の一部である。ただ、青春時代の性欲は、「性交」が前面に出てくることが多く、それが人類を永続させてきたということである。

この点、性欲を性交と同義に捉えていると思われる、最高裁判所昭和三十二年三月十三日大法廷判決(チャタレー事件)の「わいせつの三要素」には違和感がある。この判決では、①徒に性欲を興奮又は刺戟せしめ、②通常人の正常な性的羞恥心を害し、③善良な性的道徳観念に反するもの、をいう。とした。私には「徒に」の程度がわからない。正常な性欲の興奮又は刺戟は許されてよいのであり、その境界線はあいまいである。それに、正常な性欲の興奮又は刺戟は人類の繁栄をもたらす元になるのだから、「性欲」の意味は「性交」にとらわれず広く解してよいと思っている。

さて、歳月は一瞬にして流れゆく。結婚して今年で五十年になる。世間では金婚式というが、感慨に浸ることでもない。ただ、互いに健康で迎えることができたこと、意義ある結婚であったことに感謝している。なぜ結婚するのか、それに意義を見出すのはなかなか難しい。ただ、前述のように青春時代の性欲の発現は、結婚を最大に動機づける。なにもなくても一緒にいたいという気持ちの高まりを抑えることができないからである。次に、その出会いのきっかけさえあれば、状況は一気に進展する。

因果関係をどの時点まで遡らせるかは、勝手であるが、私の場合は、前述の「立ちはだかる学歴、学校群の壁」の中の「英語の家庭教師のアルバイト」を紹介されて、親御さんから「私立なら早稲田か慶応です」と明解に断れた結果、学生会館の職員が、私を気遣うようになり、良いアルバイト先を紹介してくれたことである。新しいアルバイト先になった原宿の日本看護協会で妻と出会うことになるのだから。

昭和四十六年四月、彼女は看護教員として天理よろず相談所・看護専門学校から派遣され日本看護協会の管理者研修に参加していた。期間は約一カ月間の研修である。ある日の夕方受付にすわっていると、彼女が電話をかけにロビーへ降りてきた。電話をかけ終えたところで、「東京の生活は慣れましたか、よかったら行きたい所へ案内しますよ」と、そんな声掛けが最初だったように覚えている。

初めてのデートが浅草・浅草寺である。路傍に咲く名もない一輪の花を見て「きれい！」といい、その感性と奈良吉野のたおやかな言い方にすっかり魅せられてしまった。わずかの間に、北の丸公園や日比谷公園へ出かけ、神宮球場では東京六大学野球で法政のアルプススタンドから一緒に応援した。そして、二回目のデートのときに、「これは彼女とおそらく結婚する」と直感した。言霊がそう囁いたのである。まさに結婚とは、因縁ある二つの魂を結ぶこと、すなわち「結魂」と感じた瞬間だった。

彼女が研修を終えて奈良へ帰り、それから遠距離恋愛が始まった。今日のように携帯電話やスマホのない時代である。手紙のやりとりか電話が主体である。電話は職場から夜間にかける。手紙は彼女のいる寮と私がいる学生会館からの往復書簡である。往復書簡（ラブレター）は段ボール箱に入れて今も保存されてあり、合わせると三百通を超える。交際期間二年八カ月であるから、一週間に一通は書いていたことになる。我ながらその数の多さに驚く。逢瀬は、義経と静御前の逢瀬となった吉野山を始め、古都奈良の佇まい、京都の神社仏閣である。新幹線に乗るときの心のざわめき、別れるときの寂寥感、今に思うと懐かしくも恥ずかしい。

二人のラブレターが子や孫に見られるのはとても気恥ずかしいことだが、これが青春の男女の心情だとわかってくれるだろう。

ラブレターの運命が引き続き保存されるか、廃棄処分されるか知らないが、その中から初期の二通だけ紹介したいと思う。結婚は魂を揺さぶるものであることを知らせたい。

昭和四十六年七月十三日　私から彼女への手紙　（日記を書き写したものを送っている）

「愛しき人へ

感動した胸のざわめき、その運命を体験しようとしている温かい生気が、私の方に流れ近づいてくるのを甘い戦慄をもって受け止めた。そこに青緑色の湖があったらヘッセの『郷愁』の中に戯れる自分を見ただろう。遠く近くの山並みはこの風土の中に生まれ育ったものの姿に似て美しく、やさしく、喜びとあたたかさが、こんこんと湧き出てくるのを知った。

　愛することは本当にすばらしい。いつのまにか愛する人の生まれ育った自然、彼女を取り囲むありとあらゆるものが私には身近なものに感じられた。かつてこの荘厳で時に優柔なこの大自然は彼女にどんなすばらしいことを教えてくれたのだろうか。ある時は優しく彼女を慰め、祝福し、穏やかに語り、豊かさを静かに教えてくれたことだろう。またある時は、のがれがたく、容赦ない試練の場として陰湿に決断を迫ってきたことであろう。そんな自然の裏表を彼女は誰よりもよく知っている。彼女ほど、この山並みの静かさと荘厳さと、太陽の烈しさと優しさと、透きとおる空の青さと雲の白さと冷酷さを知っている者はいないだろう。

　そんな自然の中に、私は彼女の偽りのない真の姿を見ることができた。彼女は、それまで一度も見せたことのないほどに躍動し、なにか高貴なもの、美の魂と栄光を伝える伝道師のように私をうっとりさせ、心を躍動させた。

　大和路、わけても吉野の山野の青さに強く深く感嘆させられた。ここに来てよかったと何度も思った。私のそばにはいつも、ほほえみの絶えない彼女がいた。私の隠しきれない自然への感動を楽しそうに見つめている彼女がいた。誇らしそうな彼女の表情があった。快い肌の香りが、山からそよと吹く風にのって、私の鼻孔をかすかに刺激した。

彼女とめぐり逢って以来、どんなにこの地方の山野を夢想したか知れない。それだけに山野の与える刹那の印象を大事にし、芸術的に受け入れようとしていた。

吉野口の停車場に来た時には深い山の中は静かにただセミの鳴く声がやけに騒がしかった。向こう側にはケーブルカーが私たちの乗るのを待っていた。ケーブルカーは私たちが乗るとすぐに出発した。乗客は私たちを含めてたったの四人。終点に着くと作業ズボン姿のおじさんが乗合いバスまで案内してくれた。曲りくねった山道をバスは走る。やがて旅館についた。改めてこの地の美しさに讃嘆した。シーズン・オフとあって観光客もまばらだった。

吉野山花のさかりは限りなく
青葉の奥もなほさかりにて

花はなくても結構、却って客が雑沓している頃よりも今時分がいいと思った。日本アルプスの山並みに比べれば、仰いで崇高の感を抱かせるような高山雄峰には乏しいが、それでも旅館の窓から見る吉野連山は意外に高い山彙を成していた。これらの山野を見ると吉野朝廷に関する正史ばかりではなく、多くの夢幻劇によって美化されてきた裏面史に想いが至り、現実を美化する詩人の空想力に今更ながらに讃嘆せずにはいられなかった。

この地方のほとんど全部が山ばかりで、すごく美しい杉の森林によるのも気持ちがよかった。私はそういう美林を単なる産業という側からのみ考慮したくない。日本の風景美として鑑賞したいのである。草木花卉で美しくないものはないが、とりわけ、針葉樹の緑の美ほど眺めて飽きないものもない。この針葉樹の群れが遠く紀州まで奥深くのびていると思うと、思わず天地の創造の偉大さに敬服してしまった。この吉野の杉が古来どんなに芸術家によって嘆美されてきたことか……。

名匠、狩野元信は鈴鹿山中の杉を見て到底わが筆に及ばぬといって絵筆を捨てたという話はあまりにも有名である。まさに先人の言う如くこれら至上の美をわが文筆をもって語ることは到底できそうもなかった。そこには言語で表しがたい天然の美が深く秘蔵されているのが何とも心地よかった。さわやかな若葉の薫りが夕風とともに漂ってきた。

この吉野、古くは西行法師や芭蕉も訪れたという。おそらく二人の俳歌人は寂寥、瞑想の中で時を過ごし、最も心奥にある精神を悟ったことだろう。そして南朝の君臣や義経主従に事蹟を照してみると、飽くまでも積極的な煩悩の強い人間欲の旺盛な生活と、極端に消極的な閑寂な覚悟した生活と、人間の抱いている極端と極端の生き方が歴々と示されているように思えた。その意味において、吉野は見ようによって単なる歴史の表面を飾っている事蹟のみばかりではなく日本人の長い間の思想史を見る思いがした。

私の心はそれやこれや万事を知って語らぬ悠々たる自然と古い歴史の幽光が麗らかな初夏の光の中に融けて胸の中に滲み入るように思われた。

早く大和の国の山奥に秋がきて、満山の木々が紅葉になればよい。私は再び彼女と手を取り吉野の秋を訪ねたい。

天理教について思ったこと

黒い天理教と書いたハッピを着た人々を見てこの地の人の謙譲さを知った。また、何となく古い昔の信仰心の篤い素朴な衆生が、神の恩沢に遍く照らされていた時代に身を置いているような感じを受けた。

京都駅を発つ時、私は自分の感情を抑えることができなかった。涙が自然に流れてしまった。彼女はそんな私に気づかぬふりをしていたが、彼女の目頭もまた涙で濡れていた。

「もう泣かない」と言った彼女の言葉がその夜、東京に帰った私の胸の内にいつまでもいつまでも強く響いて忘れられなかった。新幹線に乗った時、彼女は窓ガラスに「アイシテル」「キヲツケテ」と書いた。私は頷くだけで精一杯だった。書いた文字を手のひらで消した彼女の手は真っ黒、二人は笑った。やがてホームを列車が無情にもすべり出し、まもなく彼女の姿も消えた時、涙はまるで堰を切ったように流れだした。それまで平生をつくろうと頑張っていたものが押し寄せる感動の波に突然押し流される様に……。

「私の目はくるっていなかった」

「選んだ人にくるいはなかった」

「私には彼女の存在が必要だ」

「彼女なくしてどうしてこれからの人生が考えられようか」
「現に、あんなに天理教の神殿では他人の参拝を非難し批判していた自分が、あの奥深いなんとも言えない神秘のゆえに、胡坐をかいてなんの作法もしないふりをしてもちゃんと参拝してしまったではないか。それというのも彼女との一生を誓いたかった　からではないのか」

　私は反問し続けた。そして自分の矛盾した態度に腹を立てながらも今素直に事実を語れた自分に不思議に好感が持てた。涙がやっと納まった時、車窓に映る自分の姿が今まで以上に頼もしく思えた。米原を通り過ぎる頃、ひとしきり激しい雨が降った。窓に打つ雨音はまるで彼女の私への返事でもあるかの様に思われた。いろいろの想念が私の頭をよぎり、幾分疲れを覚えた。私はビュッフェに行きビールを注文し一気に飲み干した。京都駅を発つ時ホームの売店で彼女が買ってくれた「朝日ジャーナル」も全然読むこともなく、席に帰ってすぐに眠ってしまった。目が覚めた時はもう新横浜を過ぎ東京がすぐだった。今は彼女の微笑みが私の疲れを癒してくれた。

　久遠の愛の灯は、決して消ゆることなく
　私たちの行く手を明るく照らしてくれるだろう
　あなたを心から愛しています　クニオ

昭和四十六年七月十三日」

「二十二歳の青年のラブレターは随分長いものだ」と、苦笑しながら感心している。

もう一通は、彼女から私へ宛てた手紙である。昭和四十六年九月十三日、職員旅行で一泊二日の予定で京都宮津方面へ出かけたときの様子が書かれている。

「国夫さま

宮津の海は四方を松に囲まれて、うす緑の波がしずかに静かにうち寄せていました。

長いながいバス旅行で二日間のうち十五時間はバスにゆられていました。二台のバスで七十八名の一行は男女老若、様々な人とさまざまな感情をのせてまがりくねった道を、竹の林の横を走り、海を岩を、田園を、そして松林を走り抜け、家々を後にして日本海にたどりつきました。

私は家の形が変化する様をながめ貴男だったら何とおっしゃるかしら、そう思いながら……竹の林というより森と言う方がふさわしい位にそれらは密に繁り、山波をつくっておりました。日本海はもっと荒い波だろうと期待していたのが余りに静かなので少々期待はずれ、けれど湾内だから当然かとも……。

バスの中では三分の一は、スヤスヤとねむってしまったけど、後は国夫さんとずっとお話をしていました。いろんな事をね。又、今度教えて上げます。聞かなくってもいいって？　えっ、きかなくたってわかるの。ともかく景色よりも何よりもバス旅が長くてながくて。楽しみはお料理で、お魚がとても美味しいことでした。
あゝ、貴男にはやくあって、いろんなお話がしたい！
貴男は私に無限の世界を見せて下さるような気がしています。

昭和四十六年九月十三日

貞代

すばらしき　貴男へ」

こうした精神状態の中で私たちは出会い、結婚した。

(2)子どもの教育／子育ての意義

私は、子どの教育も子育ても、事業だと思っている。だから親はみな個人事業主である。会社勤めをして気づくことの一つに、業績優良な企業ほど、中長期経営計画が立ててあり、年度毎に社長の年度方針があり、それに沿って各部門は部門方針・部門実施計画を立て、さらにブレークダウンして社員一人一人に至るまで年度目標と実行計画が立てられている。そして、定期的(たとえば四半期毎)に、目標の達成状況を確認している。達成した場合は達成要因を、達成しなかった場合はその未達要因を解析し、次期につなげている。これの繰り返しが真摯にされている企業の業績はおしなべて良好であるが、方針管理が形骸化して成り行きにまかせている企業の業績はおしなべて不良である。

企業の経営資源には、一般にヒト、モノ、カネ、情報があげられる。いずれも重要であるが中でももっとも重要なのは「ヒト」である。つまり社員教育と人材の育成である。企業は、希求する目標実現のために必要な教育を社員に施し、その能力を最大限に発揮できる環境をつくらなければならない。ガイドラインに沿った計画的な教育と能力開発は欠かせない。奇抜なアイデアで一発勝負をねらう企業もあるが、それらの成功の確率はきわめて低い。仮にそうしたアイデアに挑戦するにしても、まずは足元をしっかり固める。堅実経営を旨とすべきである。

企業経営者の中で、自社の発展を願わない者はいない。経営者は、皆、「どのような企業になりたいか」理想像を描いている。企業の永続的な発展のための条件や経営者の条件とは何かについては、多くの研究者や実務者が、研究論文やハウツー本を出して自説を展開している。しかし、それぞれに特徴を有しており参考になるものの、そのまま自社に当てはまることはおおよそない。

企業が永続的に発展するために経営者にかかる責任は重い。企業の盛衰がその一身にかかる。周囲が寄せる期待は次第に増幅していく。規模が小さく、社会との関わりも少なく影響力の小さかった時代に求められた期待と、その後の成長過程の中で求められる期待とでは質的にも量的にも変わっていく。また、経営者には長期的な展望をもった大局的な判断が求められる。環境の変化を的確に予測し、正しい評価と迅速な対応、企業全体から現状を分析し、将来を予測して、意思決定しなければならない。判断に迷いがあっても、言い訳できないのが最終意思決定者の宿命である。

さて、個人事業主である観点から、子どもの教育と子育てについて考えてみよう。最初に留意すべきは、子どもの教育とは、いわゆる偏差値の高い小中高への合格、入学、一流大学への進学、さらには異能者の輩出をめざすものではない。世の中にはきわめて学問に精通し学識に富む人、凡人には遠く理解の及ばない天才といわれる天賦の才に長けた人がいる。しかし、多くの人は、日常（経済）生活を送るうえに必要な知識を有する平均的知識人である。

近年、首都圏の中学受験ブームは異常である。二〇二三年の入試の受験者数は私立中学と国立中学を合わせて五万二千六百人（首都圏模試センター）で、受験率は一七・八六％と前年から〇・五六％上昇して過去最高を記録した。親世代の中学受験とは違い、家族一丸となって取り組むのが令和の中学受験の特徴だという。遡ること昭和三十年代から四十年代、地方では私立の小中学校がきわめて少なかったこともあり、小中学校から私立に進む子は稀であった。

私立を選択するのはせいぜい高校からで、それも公立へ進めなかった子の受け皿としての役割を果たしていた。なぜなら、私立高校へ進学する子は、公立高校に進む子よりも相対的に学力が低く見られていたからである。ところが、今日では、その位置づけがすっかり逆転してしまった。中高一貫校があたりまえになり、それも海外の大学進学を見据えた独特のカリキュラムを売りにして自校の魅力を最大限にアピールする学校も増えている。

私は、中学受験を忌避する者ではないから、難関を突破した子どもさんや親御さんには心からお喜びを申し上げたい。特に東京はじめ都市部の子どもたちは教育環境や地域環境に恵まれているから、そのメリットを十分に享受したらよいと思っている。ただ、不本意ながら不合格になった子どもたちには、これが人生の最終試験でないことをしっかり親御さんから説明して、納得させてほしいと思っている。中学受験に失敗したがためにまったく別の道を歩み、そこで大成することも珍しくないからである。

子どもの教育では、学力を身につけることはもちろん大事なことであるが、この時期に合わせて大事なことは、いろんな人が働いている現場を見る機会を増やすことである。将来の職業選択の動機づけにもなり、それによって子どもは見聞を広め、興味を持ち、さらに勉強に拍車がかかると思うからである。

なりたい職業は世相に敏感に反応すると言われているが、最近、国家公務員総合職試験（かつての）上級職試験の合格者に東大生が激減したというニュースがある。学力はあるはずなのに、より高収入を求めて民間企業や起業する若者が増えているというが、国家の大事に関心が薄くなっているような気がしてならない。まさに「受験優等生の選択」だ。かつて、ノーベル賞受賞者が出たときには「学者／科学者／博士」なども常連だったと記憶しているし、「バスの運転手」や「電車の運転手」も人気職業だった。「宇宙飛行士」や「パイロット」、「外交官」「法律家」「会計士／税理士」「通訳／翻訳家」「会社社長」などもランクインされていたように思う。一方、「政治家」がないのは、不祥事続きで小学生の目にも〝国民の選良〟と映らなくなったのかもしれない。全体に夢が小さくなった印象である。

子どもの数が減り、親は、一層、子どもの将来が安定して豊かな人生でありたいと願う。景気に左右されない、安定した収入が見込める職業、女子であれば、結婚や出産後も働ける仕事を重視する。一方で、「子どもの人生だから」と言いつつ、自分たちが実現できなかった夢を子に託そうとする。子どもはその思いを敏感に受け止め期待に応えようとする。

ある調査によれば、「人のためになることをしたい」など漠然とした目標はあるものの、具体的な「夢」を持っていないとか、「選択肢を増やすためにいい学校へ進学したい」と考え、いい学校へ進学することが「夢」だと誤解している子もいるという。一見、賢く無難な答えの背後には親の意向が染みついて、すでに呪縛されているような気がしてならない。

小学生に向かって、将来なりたい職業を尋ねることは、ある意味酷である。世の中に、どんな職業があるか知らないし、それまで見聞した職業はごく限られているからである。親が自分の夢や目標を語ることはいいことであるが、先回りして誘導することは避けたい。

よき水先案内人は頼りになる。しかし、口を出し過ぎると意志がしぼんでしまう。「待つ」ことを優先して、尋ねられたら相談に乗り、朗報を知ることが賢明である。

私が首都大学東京大学院（博士前期）で、「建設業における高業績同族企業の研究」をテーマに取り上げた際、高業績を上げる経営者に共通する定性データとして、「長期的視点に立って持続的成長を望んでいる」姿を見た。株主利益を優先するアメリカ型経営ではなく、息長く次世代に引き継ぐことを重視するイギリス型経営により似たものである。
それは、経営者の強力なリーダーシップのもとで営まれる「バランス経営」であり、その本流には長期経営志向に立った、革新的というよりはむしろ慎重な保守的経営姿勢であった。総括すれば、経営者はバランス感覚を持った、堅実で、短期的成長・利益志向に走らず、より長期的視点に立った経営が重要であると結論づけるものであった。

これは子どもの教育にもあてはまることで、親は子どもの成長に一喜一憂せずにじっと見守ることが大事と教えている。肝に銘ずべきである。

最後に、子育ての意義について、婚姻数の減少とそれにともなう少子高齢化対策と関連づけて持論を述べたいと思う。

「乳幼児期の記憶の空白期間を埋めることで、人格は連続して現在にいたる。記憶の空白期間を埋める唯一の方法は、自らと同じ遺伝子を有するわが子を産み育てることである」。空白期間は人によって長短はあるが、およそ三〜五年である。わが子は自身の分身であり、その挙動は自身の行動と同一とみなせば、自身の成長を観るようで、最も確実に符合する。

遠大な自分史というジグソーパズルがあるとする、その中に数個のピースが抜け落ちているとしよう。そして、ようやくみつけたパズルがその空白部分にあてはまり自分史が途切れることなく続いた瞬間を想像してほしい。このパズルを求めるためには男女の婚姻・結婚が最もふさわしいと思っている。

なぜ結婚するのか、あるいは結婚しなければならないのか、それは人によってみな違うが、私は、それぞれの理由の上に、さらに「未完の人格を連続性のある完成された人格にするための「可能性」が、そこにあるから」と言いたい。

いま、結婚事情は、五十数年前の私の青春時代とは、比較にならないほど大きく変ってしまった。結婚するための条件があまりにも多すぎ、結婚の対する要求水準が高すぎる。社会制度の遅れを嘆き、経済的負担の大きさに戸惑い、結婚によるリスクを回避しようという打算的選択は止め、結婚による「将来の夢」を語る若者であってほしいと思う。

自然の摂理の中で生きていくためには、その旬をはずすと二度と実現が不可能な事象がある。若い時代の正常な性欲の発露は、結婚を前向きに受け入れ、多少のリスクがあっても子孫を育て上げる使命があると自覚したい。それはなぜか、上述のように空白期間を埋める「命」を授かることで自身の人格を連続性のあるものに完成できるからである。

そこで、私の提言は、少子高齢化を防ぐ有効策を打ち出せない政府はじめ専門家に待つのではなく、神仏の宗教・宗派を問わず神職にある者、仏門に帰依する者、とりわけ名僧、高僧と言われる人は、人類が連綿とある事実、そして己の、記憶の空白期間についてなにをもって符合するか説いてほしいと思っている。「結婚とはなにか」名僧や高僧が説教することがあれば素晴らしいと思っている。宗教・宗派を超えた取り組みを求めたい。空白期間を埋めるものが、子を産み育てることだとすれば、間接ながらも少子高齢化の対策につながるのではないかと思っている。

そして、文部科学省の知恵者には、幼少期から男女児童が自然に体に触れ合う教育カリキュラム・プログラムを作り、広めてほしい。かつては、集団の遊びや踊りの中には男女が自然に触れ合う機会があったように思う。それが望めない現在は、文部科学省の頭脳を以て「合理的でかつ有効な策」を編み出してほしいと思う。こうした経験があるとないとでは、異性に対する見方、感じ方に大きな違い生まれ、互いに助け合う精神が醸成される。

こうした触れ合いの経験の方が、精緻な性教育の実施よりもはるかに有効であることに気づいてほしい。今、世相をにぎわす成人によるいわゆる性加害や性被害に対する予防効果にもなるはずである。学校の先生が教え子の下着を盗撮したという事件を聞くたびに、(純粋培養で育った受験優等生の)この先生もまた被害者であり、カリキュラム・プログラムを体験していれば防げた事件だとつくづく思うのである。

3　より高い精神生活を求めて

文芸評論家の故・亀井勝一郎の『日本人の精神史』(文藝春秋)を読んでいると、私には難解でわからないことばかりだ。それに現在では、使われなくなった言葉も多く、現れては漢和辞典や国語辞典(主に大辞泉)を引き意味を確かめる。だから読み終えるまでには長時間を要する。大筋は、代々浄土真宗の家に生まれた彼は、寺院の俗化した儀式と寄付勧請に忙しい僧侶と、ただ死を待つがごとき老人の群れと、そういう退嬰的な雰囲気のみの仏教は、現代の人心の渇望に答えていないと感じていた。ところが、後に太宰治と親密になり、同じ時期に大和路紀行を行い、古代・中世の日本仏教と出会ったことで開眼。

『日本人の精神史』は、聖徳太子、親鸞の教義を信仰し、その人間原理に根ざした宗教論あるいは文明・歴史論の一つである。

「邂逅」「流転」「無常観」「神々の復活」「虚無よりの愛」「愛の無常について」「愛欲の喜劇と悲劇」「本能的な理性的な」「美を創造する者」「永遠の凝視」など、興味を誘う見出しが並んでいる。

さて、私が掲げた表題は、亀井勝一郎が教える難解なそして高度な精神をもった生活ではない。第一、これを理解しようとすれば出家を覚悟しなければ到底かなわない。家族を捨ててまで飛び出す勇気もない。今、過去を振り返れば、妻の精神世界を知りたく長男が生まれてまもない時期、日本看護協会を退職して再就職までの期間、天理教の修養科に三カ月身を置いた。宗派はまったく違うが、人間の本質を自分なりに体得したことが、今も大きな財産になっている。

たとえば、百のものを達成しようとする。多くの人はゼロから始まり一……百をめざす。ところが九十九までは順調でも、あと一が達成できずに無念に終える。他方神仏に帰依する者は、最初に残りの一を修養してから、ゼロに戻るので、一……九十九へと進み、成就することが多いという悟りである。

こんなことを日々考えているわけでない。衆生には、こんなことよりも、古代・中世に建立された寺社仏閣を楽しむことで、精神は高揚し日々新たな気持ちで暮らせるのである。亀井勝一郎が歩んだ大和路紀行は、机上で生まれた概念を確かめる絶好の機会だったのではないかと思っている。

令和四年の計画に、日本の老舗旅館「京都の俵屋旅館」に宿泊することをあげていた。二月下旬いよいよその日が来た。以下は、そのときの日記である。

――京都駅からは地下鉄烏丸線を利用して御池駅で下車。ところが方角が皆目想像できない。出口から数分の距離のはずがどちらへ行っていいやら勘が働かない。旅館に電話する。今いる場所を伝えたもののピンとこなかったようで、電話が切れた。結局タクシーを拾うことになった。その運転者がまた、「俵屋旅館」だけではわからないらしく「柊屋」「炭屋？」と独り言をいっている……住所地を頼りに車を走らせていると知り合いの豆腐屋さんがあった。その主に尋ねると、なんと目の前に俵屋旅館がある。さすがに、あまりにも近かったこともあり料金は四百円でよいということになった。

俵屋旅館は、三百年の老舗で、日本の情趣が味わえる希少な旅館だという。令和三年十一月頃だったろうか、ＴＶでその魅力が紹介され、妻がぜひ宿泊したいと希望していた旅館である。生涯の思い出にと十二月に予約を入れた。併せて京都定期観光バスセンターが「京の冬の旅」と銘打って、「名建築と名庭園」（醍醐寺、仁和寺、東寺）を拝観する特別拝観コースを企画していたのでそれにも申込みしておいた。

俵屋旅館の玄関の前に立つとすぐに、男性（刑事ものTVドラマの刈谷警部似の）が丁重に迎えてくれた。先刻の電話が行き届かなかった非礼を詫びた。

玄関間口は狭く薄暗い。通された部屋「竹泉」は八畳と四畳で決して広くはない。部屋には内庭があるが特段情趣あるとは思えない。ただ、床の間に活けられた大柳の枝ぶりにはなかなかお目にかかれない趣向がある。設備等は決して新しいものではない。古いものに毎年少しずつ継ぎ足して改修してきたようにみえる。

この日の利用客は数組のようだ。後に聞けば、やはりコロナの影響が大きいらしい。

期待した料理は、板前さんが丁寧に仕込み工夫を凝らしているのがよくわかった。器は特別上等なものではなく、ごく一般的なものだったが、味で勝負の板さんの心意気が伝わってきた。小鉢に盛られたヒラメの刺身と京豆腐と湯葉を肴に、伏見の水で仕込んだ少し辛口の大吟醸を堪能した。

俵屋旅館が、三百年を超えて今なお人気が高くお客さまが絶えない理由はなにか。

社員の所作、おもてなしの心が自然に伝わってきてそれが心を和ませるということに尽きるのではないかと思う。その一例を挙げると、部屋には四十前後のベテランの仲居さんと二十代半ばの見習いさんがついた。

「お茶がとてもおいしい」と妻、出された煎茶は熱からずぬる過ぎず絶妙だ。その美味しさに誘われて、もう一杯ほしくなって、自分たちで急須にお湯を足して入れたが、似て非なる味である。

出された味とあきらかにおいしさが違っていた。不思議だ。

翌朝、チェックアウト前に、女将の書斎を見せていただくことになり二階に上る。落ち着いた空間がある。静寂。部屋は仕切りに工夫が施されて居心地がいい。仲居さんが写真をとってくれた。元総理大臣の細川護熙氏が寄贈した絵が廊下に飾られていた。以前、宿泊されたことがあるという。帰り際、女将（学習院大学文学部卒）が編集した『俵屋相伝』とお菓子「黒なっとう」と「和三盆」）を土産に買った。

京都市観光協会主催の「定期観光バス特別コース」は、ユネスコ無形文化遺産に登録された「伝統建築工匠の技」、京都が誇る国宝、重要文化財級の「建築の美」を訪ねるもので、対象は醍醐寺、仁和寺そして東寺の三寺である。ＪＲ京都駅烏丸口を午前十時に出発する所要時間六時間三十分のコースである。

私たちは午前九時半には営業所前に到着し、検温を済ませ、指定のバスの入線を待つことになった。京都駅に、建て替え前の面影はなく、昭和四十年代後半、京都で逢瀬を重ねた頃に比べると随分変わってしまった。唯一、京都タワーだけは今も変わらぬ京都のシンボルである。妻との懐かしい思い出や、子どもたちと一緒に天理へお参りし、その帰り、奈良の古寺を廻った頃がよみがえってくる。

醍醐寺まではおよそ一時間。寺の所有面積は二百町歩に及ぶ。真言宗醍醐派の総本山である。正面から本殿に向かうまっすぐの道の両側は桜の回廊になっていて、桜の名所としてとみに有名だという。妻が「高校生の頃に某先生？　に案内されて見た桜並木はここだったかもしれない？」と述懐する。

　見どころは、三宝院の障壁画で飾られた表書院と豊臣秀吉の設計と言われるお庭、そして快慶作の弥勒菩薩像であろう。案内の僧侶が熱心にわれわれ「衆生」に説明してくれるのだがよく覚えていない。ただ、秀吉が桜の宴を開き、池を眺めながら「天下の春を満喫された」様子を思い浮かべ、しばし胡坐をかいて秀吉の気分を味わった。

　早めの昼食は境内にある茶屋の京料理であったが、前夜俵屋旅館で本物をいただいていたせいか、感激するほどの美味しさは感じなかった。

　昼食を済ませて京都市街へ戻り、さらに仁和寺へ向かう。途中、京都大学、同志社大学さらに立命館大学の前をとおり、到着。一度、高校時代の修学旅行で拝観したことがあるが皆目記憶にない。全体に方形の印象であったが、定かでない。今回は茶室と庭園を見たが、庭一杯に植え込まれている桜の木肌の白っぽく、カビに覆われていたのが痛々しく思えた。土壌が粘土質のため水はけが悪いらしくどの木の根もとには盛り土がほどこされている。三月も下旬になれば一斉に咲く桜であるが、なにか良策はないものかと思案する。松の木の剪定作業を三名の職人さんがしていたが、きっと松と桜では対処方法が違うのであろう。

最後は京都駅の方に戻って東寺へ向かう。近鉄線で天理へ向かうと、京都駅を出てまもなく車窓の右側に五重塔が見える。そこが東寺である（かつて一度訪ねた折に境内で骨董市が開かれていたことがあった）。高さ五十五メートルは、日本一高い木造の塔で、特にその初層内部の極彩色の空間が今回の特別拝観の場所である。その他境内には「不二桜」と命名された有名な桜が一本。仁和寺の桜と違って、よく手入れされていた。

ＪＲ京都駅の地下にある伊勢丹で惣菜（千枚漬け、キウリの紫蘇漬け、蕪の漬物）と阿闍梨餅を買った。阿闍梨餅は妻の所望によるものだ。

往きと同様、帰りもひかり号に乗車したが、乗客も少なく快適な旅になった。――

帰って数日が経った三月初旬、俵屋旅館からお礼状・手紙が届いた。中には「香便り」と書かれ香のついた紙袋が入っていた。心憎い演出である。華美でなく自然な印象を届けてくれるから不思議である。

（1）生かされている喜び

人間は「生きている」のか、それとも「生かされている」のか、これは難問である。

これらの問いに、さらに「人生の目的、生きる目的とはなにか」を重ねると、回答不能に陥る。

人生の目的については、これまでにも多くの賢者が、文学、心理学、哲学、音楽や美術などを通して希求してきたが、結局は解明されないままである。夏目漱石は「今まで書いた事が全く無意味のように思われ出した『硝子戸の中』」と言い、芥川龍之介は『或阿呆の一生』の中で、長男の誕生について「なんのためにこいつは生まれて来たのだろう？　この娑婆苦の満ちた世界へ」と言い、太宰治は、没落していく上流階級を描いた『斜陽』の中で「僕は自分がなぜ生きていなければならないのか、それが全然わからないのです」と言い、芥川は三十五歳、太宰は三十九歳で自殺している。その他精神分析の創始者である心理学者フロイトも『幻想の未来／文化への不満』の中で、「これまでに何度となく、人生の目的は何かという問いが問われてきたが、まだ満足できる回答を示した人はいない」と言い、哲学者ニーチェも『ツァラトゥストラはこう言った』の中で、「人間の存在はぶきみであり、依然として意味がない」と言っている。

　結局、人はそれぞれの人生の目的を、自身がたどりついた宗教・信仰の中に見出す以外に納得しないのではないかと思っている。世界にはキリスト教、イスラム教、ヒンズー教、仏教その他民族や地域に土着した信仰を含めると、帰依する拠り所は数えきれないほど存在する。そして、帰依する拠り所は、自ら求道する場合をのぞけば、身近な存在で影響力を有する者によって教化・感化された所・教理に納まることが多い。人生の目的を見出すための最も安心できるプロセスであり、結果もまた平穏が保証されるからである(世に邪教と言われるものもあるが、それが邪教かどうかはだれにもわからない)。私を例にとれば、生家は曹洞宗であったし、妻との出会いで天理教の教理にも触れた。釈尊であり、道元であり中山みきの教えが心の基底、行動規範になる・なっているということである。

さて、人間は「生きている」のか、それとも「生かされている」のか。私は、「生きている」ことと「生かされている」ことは表裏の関係にあると思っている。そして、「生かされている状態」の中で、「生きている」と「生かされている」という意識や認識が、誕生から死にいたる過程で、知恵や情緒や自他の区別その他いろいろな影響因子により占有する割合が変化していくのではないかと思っている。そして、晩年に入ると、「生かされている」ことを悟り「生かされている喜び」を知ることで、「より高い精神生活」を可能にすると考えている。このことは少し詳しく後述する。

さて、ある者は、人体というものは約六十兆個の細胞によって形作られており、組織や臓器の働きが人知をはるかに超えた驚くべき巧妙なシステムによって維持され、営まれていることを理由に、人間は生かされていると言う。たとえば、心臓は、一回の収縮で約六十ミリリットルの血液を送り出す。一分間に六十〜八十回収縮して約五リットルの血液を全身に送り出す。拍動の回数は一日約十万回で、生涯で約四十億回にのぼるという。この間、一回でも停止すれば、人命が断たれる危険性がある。これを操作しているのは、本人自身ではなく、なにか、目に見えない力によって自然に運行されていることをあげる。

また、私たちは目覚めている時も、眠っている時も、たえず呼吸している。それも大部分は、無意識に呼吸をしている。呼吸は体内に酸素を取り込み、二酸化炭素を排出する重要な働きをしているから一回でも呼吸が止まれば死の危険にいたる。成人の呼吸数は一分間に十二〜二十回で、一分あたり約八リットル、一日では約十二キロリットルになり、これは二リットル入りのペットボトル六千本に相当する量である。

また、胃腸や腸などの消化器は、食べたものを勝手に消化して栄養分を吸収してくれる。このように、体組織や器官は、本人の意識とは無関係に働き生命の維持を可能にしている。

このように生命の維持は、私たちの無意識下で体組織や器官が働くため、自分では制御できない。意識で制御できない以上、なにか自然超越的な見えざる力によって我々は存在していると考えざるをえない、その結果「生かされている」という考えにいたる。

この考えにいたれば、「生きている」と考える者がいかに傲慢であるかがわかる。たとえば、今日ある命が明日も続くと呑気に考えている。毎夜、床に就くとき、明日の朝も目覚めると思って少しも疑わない。「明朝、何時に起きるか」は自分で決め、その時刻に起きることができると思っている。自分のことはすべて自由に制御できると思っている。

前述のように、私は、「生きている」ことと「生かされている」ことは表裏の関係にあると思っている。そして「生きている」という考えは所有権思考であり、「生かされている」という考えは賃借権思考であると思っている。所有権思考の人は、身体も心も自分の所有物と考えるから、身体をどのように使おうと自由でそれもただで使用できると思っている。一方、賃借権思考の人は、身体は「神」からの借り物であるから、傷をつけないよう大事に使わなければならないと思って使う。

図・「生きている自覚」と「生かされている悟り」の関係

<生かされている状態の中で>

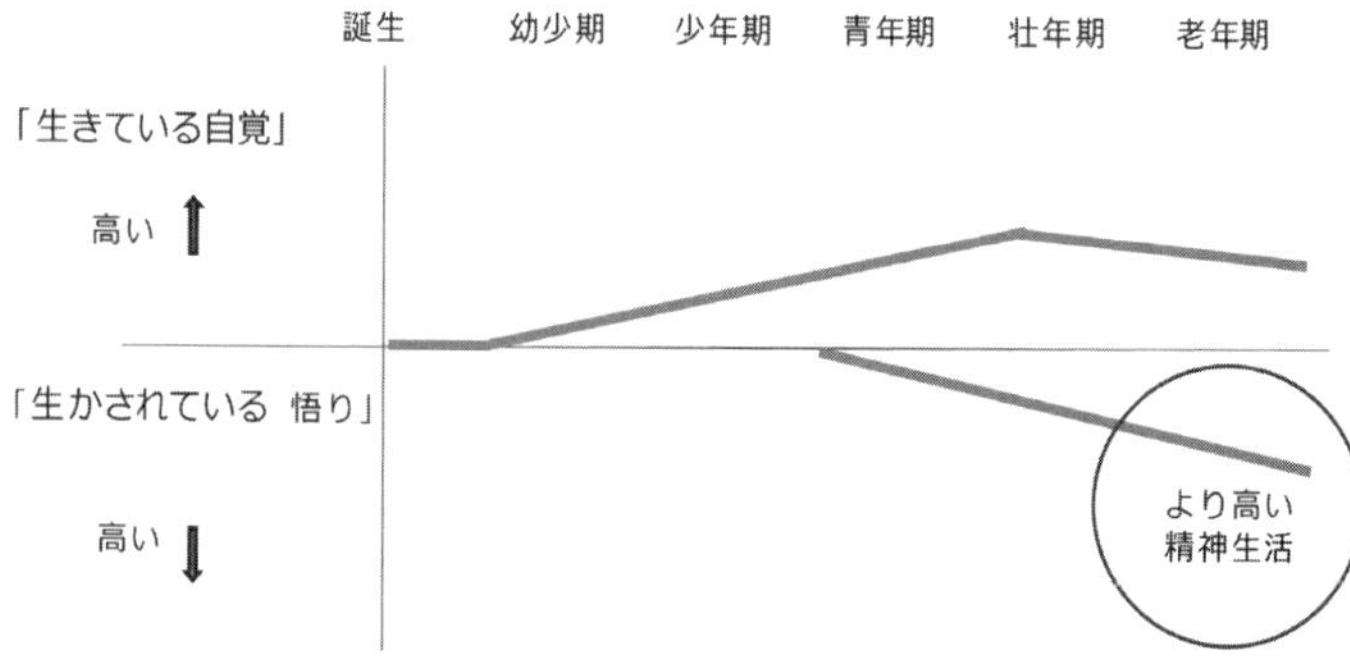

私たちが不動産屋を通して建物の賃貸借契約を結ぶことを想い浮かべるとよくわかる。私は元来賃借権思考の生き方を標榜してきた。たとえ今ある自宅の所有者名義が私であっても、それは「神からの借り物で心次第でいつまでも借りることができる」と考えて使ってきた。「所詮、死んで墓場まで持っていけるわけではなし、この世にあるものはすべて借り物である」と思ってきた。神社仏閣にお参りし賽銭や多少のお供えは、その賃料だと思ってきた。天理教の教えでは、「人間というものは、身はかりもの、心一つが我がのもの」といい、人間の体は、神から貸し与えられた「借り物」であり、神からすれば「貸し物」となる。

「心の自由」を与えられた人間は、自分の頭で考え、思いどおりに「借り物」の体を動かして、それぞれの人生を自分の意志で「生きる」ことができる。そのため、その意志が、影響因子にどのように働くかによって、「生きている自覚」と「生かされている悟り」の両極に分かれていく。ここで影響因子とは、自己制御の可能性、社会的地位、職務上の地位、所有財産、学歴、健康状態などである。そして、「生きている自覚」と「生かされている悟り」の現れ方は、誕生から死にいたる過程で概ね、右図のような軌跡をたどると考えている。右記の図は、「生きている自覚」と「生かされている悟り」の発現率を誕生から、幼少期、少年期、青年期、壮年期および老年期に応じて想像(仮説)して描いたものである。

誕生から幼少期では、「生かされている」と思って生きている子どもは皆無であろう。数学者で文化勲章受章者の岡潔は、「数え年三つまでが、その人の情緒を育てあげ、四つになると時間、空間がわかるようになり、五つになって自他の区別がはっきりつくようなる」のだから、「生きている」のか「生かされている」のか考えることすらないように思う。

少年期では、ほとんどの子どもは「生きている」と考え、「生かされている」と考える子どもは、日々病と闘っているような困難を強いられているごく少数であろう。

こんな歌がある。作詞・やなせたかし／作曲・いずみたく、による「手のひらを太陽に」である。この歌は三番まであるが、その一番は次のとおりである。

ぼくらはみんな生きている
生きているから歌うんだ
ぼくらはみんな生きている
生きているからかなしいんだ

手のひらを太陽にすかしてみれば
まっかに流れるぼくの血潮
ミミズだってオケラだって
アメンボだって
みんなみんな生きているんだ
トモダチなんだ

ここには、「生かされている」という感性はなく、「生きている」には能動的で明るく、積極性があり、「生かされている」という受動的で消極的なとらえかたはしていない。

第一、「生きている」を「生かされている」に置き換えて歌ってみると、なんともしまりのない歌になってしまう。

そして、思春期を迎え、やがて青年期に入り、「生きる」とはなにか、自問する。文学、心理学、哲学に答えを求めようとする。自分の思いがなかなか実現できないことへの苛立ちも経験する。宗教に強くに関心を持つようになるのもこの頃で、自分の無力に気づき、なにか運命を差配するもの、目に見えない力の存在に気づき「生きている」のではなく「生かされている」ことを悟るようになる。意識の変革、生への再びの出発である。

壮年期は、家庭においても職場においても責任の重い立場にある時期である。社会的地位（専門職として活躍できる職業にある人）の高い人、上場企業に勤めている人、職場において管理職にあって何人かの部下を持っている人、財産もあり日々の暮らしに不自由してしない人、高等教育を受けた人でとりわけ世間でいうところのブランド大学を出ている人、健康に恵まれ、スポーツを楽しみ、趣味を持ち、余暇を楽しめる人など、言うならば、他人との比較の中で、競争優位にあると思っている人は、概ね「生きている」派である。彼らから見ると「生かされている」という悟りに対しては、感傷的で他人に同情を求めるように映り首肯しない人が多いように思われる。

そして、人生の酸いも甘いも経験して、晩年に入り改めてわが身を振り返ってみると「生きている」とは自己の高慢と欲望から見ていた夢想であることに気づかされる。結果、「生かされている」と、ようやく悟るようになる。大事なことは、その悟りの時期に遅いということはなく、悟った時点から「より高い精神生活が始まる」いうことに気づくことである。それが人生の喜びにつながる、と私は確信している。

(2)求められる品格

品格については、拙著『老年書生のこだわり』で触れているが、より高い精神生活を送るためには欠かせない教養と受け止め、一部抜粋して再述したいと思う。

品格とは、「その人やその物に感じられる気高さや上品さ。品位」（大辞林、小学館）である。私たちは品格の有無を明確に判断する術を持っていないが、「品格は所作に現れる」ことを知っている。

たとえば、茶道、華道、書道、武道、行儀作法などは、私たちの身近にあって経験できる「道」である。それを修練することで、無駄な動きを排して洗練された振る舞い、言葉づかい、間合いを身につけることができる。一つの行為が次の行為に無駄なく無理なく流れ行くさまは、見ていて心地よい。

宗教学の権威である紀野一義によれば、「観無量寿経」という女性のために説かれたお経があり、そのなかで「人間を九つの階級に分けてある。よく「あの人は上品」というが、あれは「じょうひん」というのではなくて「じょうぼん」と読むのがほんとうである。一番上等な人間が「上品上性（じょうぼんじょうしょう）」、次が「上品中性」、さらにその次が「上品下性」そのあと「中品中性」……とつづいて、……一番下の人間のことを「下品下性」というのである（『大悲 風の如く』）。

さて、人間を九つの階級に分けた場合、上品、中品、下品の割合はどうなっているのか気になるところであるが、私は、かつて学校の通信簿が成績を五段階に分けていたように、上品「五」が七％、下品「一」が七％、中品が八十六％（上性「四」十五％、中性「三」五十六％、下性「二」十五％）、とするのが実態に即しているのではないかと思っている。この分類によれば上品上性な人はせいぜい百人に一人から二人という、きわめて狭き門を通った人ということになる。

それでは、どうすれば品格を身につけることができるかである。

先人の戒めの一つに良寛上人の二十八の戒めがある。これは嫌忌すべき行為を戒めることで、側面から上品な品格者となるための条件を提示している。たとえば、「ことばの多き」：あまり無駄口をしゃべるな、「とわずがたり」：聞きもしないのにペラペラしゃべるな、「手がら話」、「能く心得ぬ事を人に教ふる」、「物いひのきはどき」：誇張した物の言い方をするな、「自慢話」、「好んでから（唐）言葉を使う」：今風にいうと、英語や外国語をよく使う表層的インテリ、「品にあはぬはなし」など。耳の痛いことが列挙されている。これらの戒めに陥らないことが上品な品格者を作ることになる。

具体的にどのような点に気を配ればよいかである。

◎身だしなみを整える

人の第一印象は身だしなみで決まる。私たちの日常は、多くの人との出会いと別れの繰り返しであるが、その人の内実を知る前にその外見を以て全体像を決めつけてしまうことがある。そして、そこで受けた印象は後々まで尾を引き、例えば、採用面接では、入室した瞬間に採否が決まることだって不思議でない。その人の持てる知識や技術や技を問う前に、受けた第一印象がそのままその人の力量・能力まで仮定するからである。

いかに身分の高い人、お金持ちでも薄汚れたシャツを着て、破れた靴を履いていては、相手に疎んじられてしまう。ビジネスではパフォーマンスを発揮できずにプレゼンに入る前に失注してしまう。相手に不快感を与えない、清潔感のある服装など身だしなみを整えて臨むことは大事である。

今日、自分の好きな服装や好きなアクセサリーを身につけることは華美でなければ許されそうであるが、そこにはＴＰＯを意識した理解が必要である。

ＴＰＯとは、ご承知のとおり、「時と場所に鑑みて適切に振る舞う」という趣旨で用いられる語である。Ｔはtime（時）、Ｐはplace（場所）、Ｏはoccasion（場合）の頭文字で、和製英語である。問題はその適否の判断である。「ドレスコード」（服装規定）のように、例えば、オペラ鑑賞、パーティーに招かれたときや高級レストランでの食事など、入場・入店の際の服装（品位）が決められ、それを守ることが求められている場合はわかりやすいが、そうでない場合は、結局は自身がその適否を教養に頼って判断するしかない。

◎美しい所作を真似る

品格は教養に裏打ちされた所作に現れるから、教養を身につけることが不可欠となる。しかし、教養は無形であり、奥が深く際限がないから簡単には身につかない。そこで、教養→所作→品格ではなく、所作→教養→品格、と順序を変えて、実際に師の所作を真似てみる。すなわち、華道、茶道、書道、武道、行儀作法などお稽古ごとには型がある。流派によって若干異なるとしても、真髄はそう変わらないと思っている。一つ一つが独自の型を持ちながら次の型に繋がり、全体として美しい型を形成していく。これは幾百、幾千回の稽古によって到達できるものであり、その所作は洗練された無形の芸術にまで高まることがある。まずは先人の型、所作、それも美しい所作を真似ることから始めるのが効果的であると思っている。

所作を真似るには、所作が美しい人を観察して、良いと感じた所作を真似ることである。笑顔が素敵な人であれば、自分も自宅の洗面鏡に向かって微笑んでみる。背筋が通って歩行姿勢が美しい人であれば、背筋を意識して歩いてみる。普段から自分を客観視してその立ち振る舞いに関心をもっていると、人を不快にする所作がどういうものかわかるようになる。その立ち振る舞いが美しく、控えめで、品がある所作は行儀良く見える。それは、他人に対して、思いやりのある親切な性格と映り、相手の心を和ませ豊かにしてくれる。

私たちの周囲には、美しい所作を身につけた人が、意外といらっしゃる。それぞれの「道」の師以外でも、ホテルマン、キャビンアテンダント、高級ブランド店の販売員、高級レストランのスタッフ等々。みな師である。

また、食事ではテーブルマナーの基本には留意したい。食事に接する態度は、その人の「お里が知れる」ほどに、素性を露わにする。食事－食欲は人間の本能として隠しきれないものだから、おいしい料理の前ではマナーよりも本能が先に出てもおかしくはない。文化的生活を享受するには、やはり基本のテーブルマナーは身につけておきたいものである。

所作は、相手に与える印象を大きく変える。前述の「身だしなみを整える」と相乗する。ぜひとも美しい所作を真似ることで、美しい所作を自然に身につけたいものである。

◎機知に富んだ会話を楽しむ

気が置けない仲間同士の会話ほど楽しいものはない。話題が次から次へと展開し、時の経つのも忘れてしまうことがある。これは老若男女を問わず共通することで、会話が心地よく、適度な刺激で満たされているからであろう。その中に、雰囲気や相手の態度に応じて、気の利いたことを言って笑わせる人がいれば、場は一層盛り上がり和やかな空気に包まれる。こうした人は、おしなべて、おもしろい話題を振りまき、笑わせるだけでなく、物事の本質を把握して理解し、さらにユーモアにも優れている人が多い。単なる皮肉屋ではないし、ダジャレとも違い、品格を感じさせるものがある。

「機知に富んだ人」とは、このような才能、才知に恵まれた人で、知性・教養水準に裏打ちされた品のある笑いを即興できる人である。柔軟な発想力に加え気持ちにゆとりのある人が多い。昨今、言葉遣いが荒く（野卑で）心に余裕のない人が増えたように思うだけに、こうした上品な笑いを提供できる人は、信頼も厚く貴重である。機知に富んだ人と会話を楽しむことは、自然に上品さを身につける好機である。品格を磨くには、こうした機会を意識的に作ることが有効で効果的である。

機知に富んだ人の話は、周囲を笑いに誘う。相手を和ませ、ストレス解消効果もある。

下品な話も、機知に富んだ人にかかれば一見相応しくないように思えるが、持ち前の知性・教養水準が、それを希釈して、人間の本性に触れて、上品な笑いに変わるから不思議である。

笑いに関する研究は、この十数年の間にかなり進歩した。それまでは、「笑いは百薬の長」であり、「笑い」は心も体も健康にする、と言われても、科学的根拠に乏しいとされてきた。それが、今では、免疫力のアップやストレスホルモンが減少してリラックスした状態になる、脳の血流が増え脳内のやる気ホルモンや癒しのためのホルモンが増える、大笑いは多くの酸素が体内に入ることで高血圧や動脈硬化が抑制される、ガン細胞と闘うナチュラルキラー細胞が大幅にアップする、など、良好な臨床結果が報告されている。

また、職場では、会話の多い部門は、仕事も円滑に進み、協調と競争がよく機能する。当然に笑いが絶えない。一方、会話の少ない部門は、空気が殺伐として乾ききっている。プライバシーを若干吐露とするぐらいの情報交換があって、機知に富んだ会話が飛び交う職場は、仕事の環境としてはまさに理想的である。

◎審美眼を磨く

審美眼とは、美を的確に見極める能力をいう(大辞泉)。審美眼を養うには、一流のものに数多く触れることが大切だと言われている。知識で得る以上に実物・本物に触れることが大切ということである。

私は、美術品・骨董品・書画・茶道具などの蒐集家ではないが、わが家にも、絵画数点、大皿、茶器など数点あるが、どれも高価な物ではない。なにかの記念品にいただいた物であったり、神社やお寺の境内で開かれている骨董市で露天商から購入した物ばかりである。

私は、陶器類を見るのが好きで、ときどき仕事の帰りに駅に併設のデパートに立ち寄る。お目当ては、実用品として普段の生活で使用するもので、床の間や玄関に飾っておく類ではない。実用品は、万一落として割れても諦めやすく、新しく買えるという気安さある。販売コーナーには皿や器や茶碗など、有田焼、瀬戸焼、伊万里焼、萩焼、九谷焼など見慣れた物が大部分であるが、季節の変わり目には新作が出たりするのでそれを見るのも楽しみの一つである。また、年に二〜三回程度であるが、美術品や書画を見るために美術館や博物館を訪れる。草書で書かれた墨書は、側に説明書きでもなければ、読めないし、意味もわかないが、「書は、手わざの着手された出発点から完了した終着点までの過程の手の運びがそのまま腕の運びとなって綿々と表現されていて、すこしも隠蔽されておらず、その間の痕跡が一本の線に還元できるということである」「墨跡は紙の白地を背景とした中に、図形として表現されている」（東郷豊治『良寛』一二〇頁）ことを改めて実感する。余白の中にこそ作者の知性や意志があるのだと勝手に楽しんでいる。

　私が求める審美眼とは、本来の美を的確に見極める能力というよりは、美的センスの涵養というところがあてはまっている。美的センスの涵養も審美眼を磨き、やがて教養へと進化して品格を磨くことに通じると思っている。

　これまでに、外国の著名な美術館や博物館を訪ねる幸運に恵まれた。NYのメトロポリタン美術館、バチカン市国のバチカン美術館（ミケランジェロの「最後の審判」）、ロンドンの大英博物館、パリのルーブル美術館（レオナルド・ダ・ヴィンチの「モナリザ」）、フィレンツェのウフィツィ美術館、ウイーンのベルヴェデーレ宮殿（クリムトの「接吻」）、プラハのミューシャ美術館、台湾の故宮博物館、そして、マドリードでは国立ソフィア王妃芸術センターでピカソの「ゲルニカ」を鑑賞した。「ゲルニカ」の複製品は一度箱根彫刻の森で見ているが、本物から伝わってくる人間の悲愴感は胸に突き刺すものがあり残酷であった。

その他、国内の美術館や博物館も数は少ないが訪ねてみた。また、地方独特の美術工芸品にも魅力的なものがたくさんある（金沢の漆器など）。その土地で生まれ、長い年月、職人によって伝承されてきた技が、粋な作品となって生活に自然に溶け込んで使われている。

こうした物に触れると「美術に対する感覚が鋭くなった」と錯覚して（？）、心に満足感が生まれ、幸せな気分になるから不思議である。機会があればぜひ美術館や博物館を巡る旅、あるいは美術工芸品を買い求めて産地を訪ねる計画を立て実行すれば、より品格が磨かれるのではないかと思っている。

（3）欲の加減を知る

欲についても拙著『老年書生のこだわり』の中で触れているが、欲は行動の起爆剤にもなれば、度を過ぎると障壁にもなる。より高い精神生活を求めるならば、我欲を捨て、求める欲の加減を知ることであるが、その加減がわからない。

この世に、欲のない者はいない。子どもから老人にいたるまで皆、欲を持って生きている。団塊の世代の同胞には、競争時代に生まれ、勝者と敗者の生きざまを見てきたせいか、ときどき、「無欲」を公言する者もいるが、口とは裏腹に、まだまだ競争社会に未練があり、機会があれば、悔しさを跳ね返し、今一度脚光を浴びたいと思っている風体は多い。

人類の歴史は、個々の欲の結晶のさらなる集積である。欲は、文化を創り、文明を開き、なおそれに飽き足らず、今もこれからも高みを求めて変容していく。

古来、欲は、人間の七つの大罪の一つとして戒められてきた。六世紀後半は「高慢」がすべての悪の根源として、七つの大罪（虚栄、嫉妬、怒り、悲嘆、強欲、貪食、淫蕩）はそこから派生すると見られたし、十三世紀のトマス・アクィナス（一二二五年～一二七四年）は、その著作の中で、枢要悪として虚栄、嫉妬、怠惰、憤怒、食欲、色欲、淫蕩の七つを挙げている（Wikipedia）。

以下では、こうした大罪の中に見え隠れする四つの欲（色欲、金銭欲、出世欲、名誉欲）について考えてみたい。とりわけ、色欲と金銭欲は老若に関係なく陥穽にはまることが多く、功成り名遂げた人が一瞬の迷いによって晩節を汚すことも珍しくない欲である。今日、社会はかつてのような寛容さを持ち合わせていないために、真相の如何に関わらず、嫌疑の段階で不名誉の烙印を押されて拡大していく。社会から断罪され社会的信用を失った者の末路は憐れである。賢者は、よく自制して、必要以上に色とカネには近づかないことである。

◎色欲

色欲は、性的な満足を得るための肉体的な欲望であり本能である。女に迷い、男に狂い、色に耽けるのが「色欲」である。「色」の中に、生殖から切り離された欲求、つまり、〝快楽のための快楽〟という意味が込められているようで艶麗さがあり、「性欲」よりは文学的・哲学的なにおいがする。それゆえに耽溺して深みに嵌ってしまう。

色欲は、それ自体なにも罪悪視されるものではないが、文明開化は、倫理の枠をはめ、一夫一婦制を是とする価値観を作り上げた（もっとも世界には、イスラム教の一部国家のように一夫多妻制を認める国もある）。この価値観の下では、一人への純潔が最善であるから、多情は人倫に反することになる。しかし、人間が作った規範や倫理の枠組みをもって本能を駆逐することは容易でなく、本能との間で葛藤が生まれる。

一般的に独身男性と独身女性が恋に落ち、婚姻に至れば世間はこれを祝福する。逆に、双方あるいはどちらかに既に交際相手や許婚者がいる場合には不誠実な交際に映る。両者を天秤にかけて比較衡量することは狡猾で計算高く、品性を疑われ不評を買う。配偶者がいる場合は、それが周囲の耳目に触れると「不倫」の烙印を押される。とりわけ著名人であればスキャンダルとして一瞬にして広く知れることになり、市井の好餌となる。

かつては、遊郭があり、色欲の発露の場が公然と設けられていたから、男性は合法的に疑似不倫を楽しむことができた。しかし、今日では、遊郭はなく、いわゆる赤線も消えた。色欲の発露の場を失った「野獣たち」は、行き場を失い、無法地帯を彷徨う。性犯罪も起こるべくして起きている状況にある。

それにしても近頃の著名人のスキャンダルは節操がない。同様の事件が後を絶たない。性懲りもなく、色欲の前に自制がきかない。どれほど世間をにぎわした事件であっても、自分にはあてはまらないと思っている。しかし、世間の下す「倫理」の判断は冷酷である。今では死語になったが、私が社会人になった昭和五十年代頃までは、「既婚の男性は社内物件（女性）には絶対手を出すな」と先輩に教わったものである。それまでに蓄積した信用や名誉はじめ功績のすべてが崩壊していく。「できる男（オス）には女（メス）が近づいてくる」のは自然界の摂理と同じであり、潜在的な種の保存という欲求の表れとみるが、まさに、倫理の枠を必要とする瞬間である。「天網恢恢疎にして漏らさず」、無情を悟るにはまだ早い。

◎金銭欲

人間の本能を悩ます色欲の次は、金銭欲である。金銭欲は物を所有したいという物欲と表裏をなすもので、生きていくためには必要な欲求といえる。金銭欲の芽生えは、「自我発現の季節といえる数え四歳〜六歳頃」（岡潔集第四巻九〇頁）ではないかと思う。例えば、おもちゃが欲しいと思った時に、お金で買えることを知ると、お金が自分の物欲を満たしてくれるものだと体験的に学習する。そして、この体験的知得は生涯に及ぶ。

誰もが持っているこの金銭欲は、度を越さなければ、自身の生活に潤いを与え豊かな人生を約束してくれる。また、仕事へのモチベーションを高め、業績向上に寄与し、周囲からも高い評価を得ることになる。しかし、度が過ぎて執着心が強いと、守銭奴とか吝嗇家といわれて皆から疎まれる。

一般に、お金に執着心の強い人には、目先の損得だけを考えて、自分に得にならないことには興味を示さない、人付き合いが悪く、他人からの食事や遊びの誘いにも慎重で、金のかかることは避ける、人におごられることはあっても、人におごることはしない、知人・友人との金銭の貸し借りにもシビアでしっかり契約書を取り交わす、など、お金を得るために働き、それがいつしか人生の目標になっている人が多いように思う。

金持ちを嫌忌するものではないし、金銭欲を非とするものでもない。「地獄の沙汰も金次第」ということわざがあるくらいだから、この世では、なおさら、お金に執着するのは当たりまえである。問題はその度合いである。そもそも金銭欲に「適度な金銭欲」というものがあるのだろうか。人は、素封家でお金に不自由していない人やボランティアを除けば、働きに応じて対価を求めるが普通である。ただ、どれだけの金銭があれば満足するかはそれぞれのライフスタイルによって異なってくる。そして、どれだけの対価を期待できるかは、職業を選択した段階で、年齢別、性別、学歴別、雇用形態、地域により、およその生涯年収の算出が可能になる。この数字を前提にして、自身の職種の平均年収と中央値を調べ、プラスαを上積みする。これが「適度な金銭欲」ではないだろうか。これに働くピーク年齢を勘案すれば、実現可能なライフプランも立てやすくなる。過度な金銭欲は、周囲から疎まれ、人間関係を悪化させるだけで、決して実りある人生にはならない。大事なことは「現在貯蓄額に汲々とするのでなく、我欲を捨てて、どれだけ有効に金銭を使い切れるか」である。

◎出世欲

私の青春時代は、東京へ出ることが憧れであった。旧態依然の田舎の暮らしから解放されて華やかな都会で暮らすことを夢見た。そして、多くは、「一旗揚げること」を心に誓い、親との別れを惜しみながら故郷を後にした。今でも、中学卒業と同時に集団就職列車に乗り込む同世代の映像を見るたびに「別れ」と「決意」が伝わってきて泣けてくる。上京そのものが「出世の第一歩」だった。

「立身出世」は、本人の能力、努力、才覚などによる社会的地位の上昇を是認する観念であり、階層社会に生きる人間の欲望に根差している。その現れ方は、時代や社会によってさまざまである。とりわけ明治維新になると社会が一変し、人々に上昇的社会移動の機会が拡大されると、個人レベルの立身出世はそのまま国家レベルの立身出世(列強への追い付き)と重なり、公的にも正当化されるようになった(日本大百科全書)。換言すれば、福沢諭吉の『学問のすゝめ』(一八七二年)は、立身出世を勧める内容の書でもあると言える。

子ども時分、「今度、東大出の弱冠二十八歳の役人が、○○税務署長になるそうだ」とか、「○○が、国家公務員上級職の試験に合格して○○省に入るらしい」など、聞いた覚えがある。今でこそ、死語になりつつあるが、「立身出世」は郷土の誇りでもあった。

より高い地位や権力のある身分になりたいという欲望は、ごく普通のことで、会社勤めをしていれば、同期入社組との競争があり、自然とその中から一歩抜き出たいという欲望が生まれる。それはまた大事なことである。

一九九〇年代、一時、成果主義がもてはやされた。日本の長年培われてきた年功序列主義の負の部分に風穴を開ける画期的な人事評価制度として名だたる企業が飛びついた。

成果主義は、向上心のある人には昇給と昇進を意味するため、金銭欲と出世欲を大いに刺激する制度であった。しかし、過度な出世欲は、自分の成果だけを追い求めればよいという価値観を醸成させ、これまでの他部門との横の連携を希薄にし、また、短期的な志向・目線で仕事に対処するために、品質管理、品質保証は後方に置かれ、顧客の多様なニーズに応えられずに信頼を失墜する事態が生まれた。さらに、中長期的視点で進められてきた商品開発や新サービスの提供が、挑戦意欲の低下により停滞する事態に陥った。

成果主義であれ、年功序列主義であれ、企業は、社員の業績や成果を評価しその優劣をつけなければならない。評価は、組織の活性化と社員のモチベーション向上のためには避けて通れない。また、評価は客観的評価が理想であるが主観的評価の弊害は常につきまとう。人による評価であるから運にも左右される。極論をいえば、「人事は好き嫌いで決まる」。それでも、人生は戦いであり、戦いには勝ち負けが付きまとう。慈善事業でないかぎり熾烈である。

勝者には応分の利得が与えられ、敗者にはそれ相当の覚悟が求められる。それを嫌うのであれば脱俗して山に籠るか、自給自足の生活に投ずることだが、現実には不可能である。

こうした状況のなかで、近年、気になる一つに、「若者が出世を望まない」という現象である。このことについては「競争心の芽生え」で前述したように、過度な出世欲は捨ててもよいが、適度な出世欲は捨てず持って欲しいと思う。上昇する自分を見せることは、周囲に夢と希望を与える側面もあるのだから。

◎名誉欲

「名誉欲」と聞くと、中学三年の時の担任の先生を思い出す。「公侯伯子男」、お茶の水女子大国文科出のM先生は、こうした語呂を用いて記憶に焼き付けることが得意だった。「公侯伯子男」は、明治十七年に制定された華族令における爵位制度の五段の爵位を順に並べたものである。すなわち、公爵、侯爵、伯爵、子爵、男爵の順を表す。

日本には叙勲制度があり、毎年四月二十九日に「春の叙勲」、十一月三日に「秋の叙勲」が定例的に行われている。かれこれ十数年以上も前になるが、当社の協力企業であるM工業の社長が瑞宝単光章（勲六等）を受賞した。鉄筋工事業を営む傍ら若手鉄筋工の教育育成に長年貢献したのが評価されたものである。M社長は、授与式に臨む緊張感と満足感を嬉しそうに語ってくれた。これは名誉なことである。奥様の喜ぶ姿、所管大臣からの勲章の伝達等、普通の人が体験できないことを成し遂げたのだから理屈抜きに称賛に値する。「名誉」というのは、本人が欲して叶えられるものではなく、他人がその人格を認め功績を評価して初めて叶うもので、まさに人徳あっての神の差配である。

また、日本には勲章とは別に褒章制度がある。特定の社会的分野における、事蹟や徳行の優れた方へ褒章を与える制度である。種類は藍綬、黄綬、紫綬、緑綬、紅綬とあって、綬色によってそれぞれ名称がつけられている。建設関係は黄綬褒章に該当する。私が仕えた故内野三郎会長は、戦後まもなく茨城県の神栖から一旗あげようと裸一貫で上京した人である。練馬区建設業協会で会長を務めあげた他に数々の役職にあって、区の発展、住環境の向上に尽力された功績者であったが、褒章には一切関心を示さず、愚直なまでに一職人を標榜した人だった。

「名誉欲」という場合、かつては、その語感からスケールの大きい印象があり、前述の立身出世(出世欲)に近いものを思い浮かべていたが、今では、より身近な範囲(たとえば、会社、所属集団、地域、村落など)において、よい評判を得たいとか、自分の能力や行為についてすぐれた評価を得たいという欲望、と捉えるのが適切であると思っている。

名誉欲は、誰もが持っている欲求であると同時に、本人のアイデンティティを死守する最後の砦のようなもので、他人からの侵害、毀損には敏感に反応する。

企業も、就業規則に社員の功績や貢献を称える表彰制度を設けているところが多い。どのような内容にするかは企業の自由で各社さまざまである。一般的には、基準が明確で客観的でわかりやすい永年勤続表彰や無事故表彰などは、企業への帰属意識を高め、離職率の低下を防止するなど、社員には好意的に受け止められている。

「欲の加減を知る」とは、我欲を捨てることだとすれば、至当の欲とそうでない欲との違いはどこにあるのだろうか。私は、その欲の発露を他人が喜んでくれた場合は至当の欲であり、他方、自身は、勝利に酔い、恩寵にみちたりていても、他人から敬遠されるような欲の発露は、過度な「名誉欲」や「金銭欲」や「出世欲」と言えるのではないかと思っている。ある日、ふとわれに立ち返ったとき、誰からも祝福されることなく言い知れぬ孤独感を覚えるような我欲は、加減を越えた欲であり、その末路は憐れである。

Ⅳ　知を求めて

Ⅲ3⑶「欲の加減を知る」では、出世欲、金銭欲、名誉欲は、適度であればいいが度が過ぎると、人に敬遠され言い知れぬ孤独感を味わうようになるから自重すべきと提言した。

他方、「知識欲」については貪欲であってよいと思っている。

長い間、同じ職場にあって担当する職務も同じだと、あえて新しい職務知識を得なくても日々の職務は遂行されていくので、「知識欲」に鈍感になりがちである。その結果、判断力が鈍くなり内外の変化を敏感にキャッチできなくなるから、臨機応変な対応も期待できなくなる。企業にそうした社員特にベテラン社員が数名いれば、企業は確実に競争力を失っていく。競業他社との戦いに敗れた企業とそこで働く社員は憐れである。

働いている以上、業界の動向や景況に関心を持ち、自社の位置づけを把握しておくことは当然であるが、「知識欲」の中の「知識」は、職務上の知識にかぎらない。専門外の知識や、いわゆるリベラルアーツが役立つことも多い。たとえば洗練された所作は、相手に与える印象もよく、それが仕事上の成約につながることは十分考えられる。また、機知に富んだ人の話には、周囲を笑いに誘い、相手を和ませ、ストレスを解消させる効果がある。このような才能、才知に恵まれた人は、知性・教養に裏打ちされた品のある人であるが、この柔軟な発想力、気持ちのゆとりは、「知識欲」から生まれた「知」の成果と言ってよい。

さて、私事であるが、五十代の後半から、自分の能力に限界を感じていた。会社ではそれなりに評価を得ていたが、外では通用しない「井の中の蛙」であることを誰よりも知っていた。そこから抜け出すために、元国会議員の常岡一郎『流轉』『運命と心』『たましいと心』（中心社）を繰り返し読んだ。私の愛読書である。心が折れそうになったとき、将来の展望が見えなくなったとき、なにかに悩みその解決策を見いだせないとき、答えが逡巡して心身ともに疲労困憊に陥っているときに読んでいた。また、順調にことが運んでいるときにもよく読んでいた。愛読書には自身のエネルギーを省力化できる利点がある。まさに〝困ったときも順調なときも愛読書へ還れ〟である。

その結果が知識の洗い直しであり、新しい知識の習得のための「再学習」であるが、まさか大学院に進学するとは思ってもいなかった。それに続く「書に著す」も、これまでの来し方を整理したいという思いからであるが、五十七年続いた日記の習性が役立つとは思ってもいなかった。まさに神のご守護、差配であり運命と悟った。

1　再学習

昨今、「リスキリング」という、舌を噛みそう言葉を耳にすることが増えてきた。てっきり、どこかのビジネススクールの先生が海外事情を紹介するにあたり、引用した言葉だと思っていた。そして、古くなった腕時計をオーバーフォールするぐらいの意味に使っていると思っていたら、大部ニュアンスが違っていた。

実は、経済産業省から「リスキリング」と呼ばれる言葉が提唱されていた。もっとも経済産業省の造語とは言えず、二〇二〇年一月に開催されたダボス会議（世界経済フォーラム）で、「二〇三〇年までに地球人口のうち十億人をリスキリングする」と「リスキリング革命」が大々的に宣言されていた。その背景には、ＡＩ・IoTを中心とした第四次産業革命がおこり、既存の仕事の在り方が大幅に変化することが現実味を帯びていたことが挙げられる。

ちゃっかり便宜借用した言葉「リスキリング（Reskilling）」についての経済産業省の定義は、「新しい職業に就くために、あるいは、今の職業で必要とされるスキルの大幅な変化に適応するために、必要なスキルを獲得する／させること」である。

この数年の間に、新型コロナウイルスの影響によってテレワークの導入が進み、さらにあらゆる業務においてＤＸ（Digital Transformation）「デジタル変革」が叫ばれるようになり、従来の働き方が大きく変わろうとしている。とりわけ二〇二二年はＡＩ元年と言っていいほどのＡＩ技術の進捗があり、今後はさらに不要な仕事が急速に増えることが見込まれている。わが国においても主要企業が率先して取り組み始めたし、経団連も二〇二〇年十一月に「新成長戦略」の中で、リスキリングの必要性について触れられている。

　このようにリスキリングは新しい潮流のように関心を持たれているが、それにしても、よくわからないのは、これまでの社員教育とはどこが違うのか、はたまた自己啓発として自発的に取り組んできた学習との違いはどこにあるのか。総じて言えることは、リスキリングにはＤＸ化が進む現代ではデジタルスキルを獲得するという点が強調されているとしか思えない。

　リスキリングと似た概念にリカレント教育（「学び直し」とでも言うのであろうか）がある。現在の会社を休職、退職してから、大学などの教育機関で仕事やキャリアに関係する勉強をすること、と定義されている。どちらも「仕事やキャリアに関係する学習」という点で共通している。リカレント教育の目的は「仕事やキャリアに生かすこと」なのに対し、リスキリングは「新しいスキルの習得」が目的で、リカレント教育より内容が具体的である。リスキリングは企業が主体的に動くのに対し、リカレント教育は個人を主体とすることが多い。また、リスキリングでは、会社で働きながらスキルを習得するが、リカレント教育では会社を休職もしくは退職して大学などの教育機関で勉強し、スキルを身に付けたあとは、休職中の会社に戻るか、新しい会社に就職するのが一般的である。

しかし、企業が取り組む目的が、業務の効率化（例、業務フローの改善、業務の自動化、効率化、正確なデータ分析、データの一元管理）や新しいアイデアの創出、採用コストの削減などだとすれば、デジタルスキルに限らず、これまでの学習スタイルでも獲得可能な分野もあるはずで、あえて、この言葉を偏重し特別視する必要はないのではないかと思っている。

私のように紙の文化にどっぷり漬かった人間には、現在のペーパーレス化にも戸惑っているのだから、さらなるデジタル変革には覚悟が要ることだけは確かである。

私は、リスキリングもリカレント教育もはたまた文化教養を身につけるための生涯学習も、「再学習」として位置づけている。

私は、還暦を迎える数年前あたりから自分の能力の限界を感じ、定年後の生き方を模索しているときに再学習の必要性を感じ、在職のまま大学院へ進学した。リスキリングとリカレント教育の折衷という学習形態である。職場の理解のもと、休職や退職もせず、しかもデジタルスキルに必ずしもなじまない分野の研究のための再学習である。

再学習のきっかけは突然やってきた。六十歳の定年を間近に控え、ぼんやりと将来に不安を抱くようになっていた。会社ではそれなりに評価を得ていたが、総務の知識（渉外課を皮切りにその後債権管理や公庫融資手続きなどを経て総務課に移り、長い間、総務・労務・人事・庶務などの業務に携わっていた）だけでは定年後の人生、世間では通用しないだろうと考えていた。

平成十七(二〇〇五)年、五十六歳の時に転機が訪れた。次男が三月に順天堂大学医学部を卒業して医師国家試験に合格、家計にゆとりが生まれた。またこれ先立つ平成十五年三月には妻が社会人として桜美林大学大学院国際学研究科博士前期課程を修了し、修士の学位を取得していたことも刺激になった。妻も私の性格から大学院で学び直し、定年を迎えることが後悔しない良策だと日頃から勧めてくれていた。会社は社長も七十代半ばを迎えて残業がとみに少なくなり夕方からの管理職会議も減り、時間を持て余すようになっていた。時を同じくして平成十五年には新宿の都庁二十六階に首都大学東京大学院(現在は東京都立大学大学院と名称変更してキャンパスも東京駅に近い丸の内に移っている)が社会人向けにビジネススクールを開校した。勤務先の会社から都庁までは大江戸線を使えば二十数分の距離、仕事を終えてから駆けつけても授業開始の時刻までには十分に間に合い、授業が夜遅くになっても小田急線を利用するので帰宅に不便なく最高のロケーションであった。これはまさに神様の差配、このチャンスを逃すことはないと心に決めた。

何のために学ぶかを自問する日が何日か続き、出した結論は、会社への恩返しも含めて総務に関連するテーマ、建設業に関連するテーマ、とりわけ、組織行動のメカニズム、組織のダイナミズムについて研究しようと心に決めた。それにより論理的で戦略的な思考能力と経営管理能力を身につけること、そのためには名称も東京都立大学から首都大学東京に変わったこの大学には、おそらく新進気鋭の若手研究者、教授陣が多く、先端の研究成果を修得できるのではないかと推測した。ここまで心が定まると一切の迷いが消えた。

翌日から、首都大学東京大学院のカリキュラムを過去に遡って調べ、その中から経営学専攻（博士前期課程）【高度専門職業人養成プログラム】が進むべき道と確信し、看板教授として名のある桑田耕太郎先生に教わりたいと思うようになった。十月中旬にＭＢＡコースの説明会に出席すると十一月二十六日の試験日まで、桑田先生の著書『組織論』（有斐閣アルマ、一九九八年）を何度も繰り返し読み込んだ。筆記試験はどんな問題が出ようと、最後の数行は著書に書かれている箇所・数行をそのまま書き写すように答案構成して締め括るという秘策まで決めてかかった。この戦略はみごとに奏功した。試験を終え南大沢の駅に向かう道中、書いた答案に満足して爽快感が漲ってくるのがわかった。

十一月二十九日に合格通知が届き十二月四日に二次試験（口頭試問）があった。試験官は桑田先生である。何を聞かれたかよく覚えていないが、ここでも『組織論』からフレーズを引用して答えたように記憶している。そして十二月十六日、晴れて合格通知書を受け、平成十八年四月から第四期生として入学を許されたのである。

新しい学生生活は刺激に満ちていた。入学者は四十八名。学生の面々を見回すと、私と同年代の五十代が二～三名いたが、どうも私が一番の年長者のようだ。二十代がちらほらで、主に三十代から四十代である。「最終電車に飛び乗った」心境であった。後日聞くところによれば、学生の身分は、退職して入学したという人もいたが、多くは一流企業に在籍中のビジネスマンである。中には企業から二年間の休職（修了後職場復帰を約束されて）をいただいて派遣（国内留学）されていた人もいた。男性が圧倒的に多かったが、女性の方も数名おり、その人たちは、おしなべて快活で語学に長じていた。中小企業の社員はおそらく私一人であったし、一番の年長者であったから、雰囲気に負けないよう、気後れしないように気を引き締め、与えられた課題はしっかり下調べをして授業に臨み、務めて積極的に発言するように心掛けた。後に桑田ゼミに入ることを認められると同志の四名との交流も一気に進んだ。授業を終えてそのまま帰宅することは珍しく、新宿駅に向かう地下道に面した居酒屋に寄り道しては、丁々発止、口角泡を飛ばす実践的ゼミが通例となった。若い人たちがどのような考えを持っているかを知ることができたし、ときどき桑田先生も加わると研究の厳しさや楽しさ、その裏側も聞かせていただき、大変有意義であった。

『組織論』は、今も自宅の書棚に、それもすぐ手の届く所に置き、組織に関わる問題があればいつでも読めるようにしてある。会社勤めが続く限り私の隠れたバイブルである。

二年間に学んだことは多数に及ぶが、ケーススタディを通して多様な考え方があることを学んだ。まさに富士山への登山ルートが何通りもあるように、そこには正解がないということを。つまり、状況に応じて求める解（意思決定）も最適化の場合もあれば満足化の場合もあることを学んだ。ここが自然科学と違い人間行動が基底にある社会科学・行動科学、組織論の面白さではないかと実感した。柔軟な思考、バイアスに陥らない思考で事象に向き合う。そんなことを考えながら二年間学び、晴れてＭＢＡを取得した。

卒業して十五年になるが、ゼミ仲間のＴさんが、毎年年末になると忘年会あるいは新年会を企画してくれる。おかげでいまなお桑田先生はじめゼミ仲間と交流が続いている。

平成二十年三月、首都大学東京大学院でＭＢＡを取得した段階で、学生生活は終わったと思っていた。ところが、会社では社長が事業承継の時期をどのタイミングで実行に移すべきか思案に明け暮れていた。専門の顧問税理士はじめ金融機関からのアドバイスも適宜受けていたが、今一つ納得しない風で、結論には至らずにいた。そんな様子を傍らで見ていた私は、少しでも社長の思いを汲んで相談に乗れたらいいなあと漠然と考えるようになっていた。そんな矢先、桑田ゼミの仲間から、筑波大学大学院に事業承継の第一人者がいるという話を耳にしたのである。

平成二十一（二〇〇九）年七月、筑波大学大学院ビジネス科学研究科企業科学専攻が、事業承継について学ぶには適していると判断し、早速、入学願書を取り寄せた。そして、『事業承継法の理論と実際』（今川嘉文、信山社、二〇〇九年）を購入して、事業承継についての概略を理解しようと二度ほど読み、九月六日の試験に臨んだ。試験は筆記試験と口術試験からなり、社会人である受験生に配慮して一日で終わるように組まれていた。

ここに試験当日の私の心境を書いた日記があるのでそのまま引用する。

――九月六日（日）快晴

わが人生において入試はおそらくこれが最後であろう。七月に急遽、大学院博士後期課程を受験することに思い至りこの日まで準備を進めてきた。英単語の修得はじめ随分学ぶことも多く充実した二カ月であった。しかし、今日その思いは見事に崩れた。午前九時から英語、十一時から法学一般が行われた。これは予想以上によく書けたと思ったが、それもつかの間、午後二時から約二十分間の口述試験は、まったくもって散々であった。スカッとするほど打ちのめされた。つまり、私の研究計画書はドクターに耐えられないと断定されたのだ。主査とおぼしき先生の質問に十分答えることができなかったし、その指摘内容ももっともだと思った。いずれにしても結果は明らか。私自身これでよいと思う。悔しさを通り越して気分は逆に爽快だ。「つかの間の夏の夜の夢」だった。スッキリ諦めよう。——

口述試験の主査とおぼしき先生が大野正道先生であったと知ったのは入学してからである。それにしても、最初の質問がよかった。「あなたはドイツ語かフランス語ができますか」「いいえ」と答えた。この時点で私の頭は真っ白になった。必要とする意味が理解できなかったのである。後はしどろもどろだった。

自分の能力ではドクターコースは無理と断言されると、それまでの執着が嘘のように消え、気分は爽快にして高揚していた。

九月二十日から私たち夫婦は、かねてより計画していたイタリア旅行へ三男夫婦と出かけた。バチカン、ローマ、ナポリ、フィレンツェ、ベネチアと周り、カンツォーネを聴きながらワインと料理を大いに楽しんだ。試験のことなど、すっかり忘れていた。ところが帰国してすぐの三十日、思いもかけない朗報が届いた。「筑波大学大学院博士後期課程（ビジネス科学研究科企業法学専攻）合格」の報である。私はその報に「身震い」した。そして、またしても「最終電車に間に合った」と思った。

ビジネス科学研究科の入学者は二十五名で、うち企業法コースには十名が入学した。首都大学東京大学院と違って、学生の層が明らかに違う。四十代から五十代の層が多いように思えた。六十代はいなそうだ（昭和二十四年四月十四日生まれの私は六十一歳の誕生日を目前にしての入学である）。いかに国立大学といえども先のない老年者よりは、若手の育成に予算を使った方がよいに決まっている。「世の中には物好きな人もいる」、と思われても仕方ないと苦笑した。

筑波大学と首都大学東京では院生の職業に大きな違いがあった。筑波大学にはいわゆる「士業」が多く、弁護士、司法書士、公認会計士、税理士が多く在籍していた。困りごとや悩みごとがあれば、気軽に相談できる人脈の宝庫であった。一国一城の主であるから責任感とサービス精神を併せ持つ人が多く、ユニークな持論も楽しみの一つであった。

これに対して、首都大学東京の院生は相対的に若く一流企業のビジネスマンであった。前者が企業科学（企業法コース）を専攻し、後者が経営学の専攻であることにその違いが出ていたように思う。しかし、どちらも厳しい競争を勝ち抜いてきた自信に溢れた「勝ち組」という点では共通していた。

年齢層が近いこともあり、ゼミ仲間と打ち解けるのに時間はかからなかった。大野先生が酒好きということもあり、授業が終わる夜九時頃から会場をキャンパスの近くの居酒屋に移して「活きたゼミ」が始まった。酒を飲んでいるときの時計の針の速いこと、あっという間に、十時半は過ぎていて、授業のある日の帰宅時刻はいつも十一時半を回っていた。

妻の勧めもあっての進学であったから、家のことはなんの心配もなく、大船に乗った気分で、仲間との交流を楽しんだ。新しい事を学び、研究するということはこれほどまでに刺激的なことかと興奮していた。

2　書に著す

「自分の生き様を文書にまとめておけば、子や孫がいつか興味を示し、自身のルーツ探しに一役買うかもしれない」、そんな気持ちを還暦が過ぎた頃から持つようになっていた。「書に残す」「書に遺す」ことは、自分の生きた証しである。「こんな鼻持ちならない自慢話は結構」とか「所詮、劣等意識から抜け出せなかった団塊の世代の物語だ」と、非難されるのがおちだろう。ただ、中には「岐路に立ったときの意思決定のヒントになった」と受け止める人がいるかもしれない。そう思うと、ただ淡々と「こんな人生を歩んだ人もいるんだ」と、気楽に目を通し、生きる参考にしてもらえたらいいなあと思うようになった。

令和四年八月、夏休み。少し身の回りを整理したいと思い、今の住まいに引っ越してきた平成八年以来、一度も開封することなく納戸にしまってあった段ボール箱を開けることにした。きっかけは、いよいよ自分史の作成にとりかかる時機と直感したからである。

「自分史」には形態がないから、あえて装丁を施すこともなく、「自分史」と表記する必要もない。

ただ、読んだ人が、著者の人生(誕生から死に至るまで)がおおよそわかるものであればよいと思っていた。

「自分史」を書くにあたり、おおいに役立つのが日記である。私が日記をつけ始めたのは昭和四十一年一月一日(土)で、高校一年生の三学期、高校二年生になる年の元旦に始まる。手のひらサイズの手帳から始まった日記は次第に文量を増し、二冊目から一気に「一行日記とサヨナラ」し、自由日記に切り替わりその日のできごとのみならず心情を吐露することが増えていった。昭和六十年以降は、八ミリ罫線が引かれたアピカ高級ノートPersonal黒ＮＹ19を主に使用している。今ではその冊数も九十四冊を数えるまでになった。今、改めて過去の日記帳を読み返すことはないが、一年の締めとなる十二月末にその年の主要事項をまとめる下資料として読み返すぐらいである。それにしても五十七年間も日記を書き続けているのだから、上手下手は別にして、自身驚いている。

「書に残す」あるいは「書に遺す」ための文書は、これまでの日記帳で十分に用が足りると思っていた。読む人が興味ありそうな記述を見つけて、私の心情を想起すればそれで十分と思っていた。よほど私に対して興味があれば別だが、そうでなければ、早晩、忘れ去られる運命にあるだろうと思っていた。だから「書に著す」とは夢にも思わなかった

そのきっかけは突然やってきた。

平成二十六年三月、博士後期課程単位取得退学までの四年間に、大野先生と酒席をともにするこ

と、百数十回、夏休みや冬休みを除くと平均して週一・五回の頻度で酒を飲み交わしていた。これほどまでに飲み交わしたことは会社の関係者との間でもない。これだけを見ると勉強をまったくしていないようであるが、研究にも真摯に取り組んだ。

ある日の酒席で、研究テーマに悩んでいたので相談したところ、即、「原田さんのテーマは会社法一七四条でしょう」と助言があった。この瞬間、迷いは消え、先が明るくなった。

会社法一七四条は、相続人等に対する株式の売渡請求制度について規定した条文である。

この制度は平成十七年に新設された制度で、譲渡制限株式を発行している中小の非公開会社（すべての株式について定款で譲渡制限の定めがされている株式会社）の経営者にとっては、事業承継者に株式を集中させることにより会社支配を強固にし、事業承継の実現を容易にできるきわめて意義ある制度である。

中小の非公開会社においては、株式に譲渡制限を付する場合が多い。株主を現在の株主に限定することで株式の分散を防止し、経営支配を盤石にする利点があるからである。一方で、この制限は、売買等の特定承継にのみ適用され、相続等の一般承継には適用されない（会社法一三四条四号）ため、譲渡制限株式を承継した相続人等が会社にとって好ましくない者であっても、その者が株主になることを防止できないという不都合があった。これは株主の属性を重視し人的信頼関係に重きを置く中小の非公開会社にとっては由々しき問題であり、売買等の特定承継と同様に譲渡制限の対象とすべきであるとして、長い間、中小企業諸団体から強く要望されていた制度である。

先生の指導と助言のもとで研究を続け、ようやく論文の完成に到ったのが平成二十五年十月三十一日。翌平成二十六年三月に博士後期課程を単位取得退学し、五月に『会社法一七四条』（同友館、二〇一四年）の発刊をみた。私にとっては初めての著書で、大野先生の力と編集者の佐藤文彦さんの心温まるご協力なくしては実現できなかった快挙である。「生きた証を残す」が大野先生の口癖だった。拙著は日本図書館協会選定図書に選定され、国立国会図書館に蔵書されたと知らされたときは、亡き父母の生前の姿を想い、感極まって涙したことを覚えている。新しい出会いが運命を変えた瞬間である。

その後、平成二十七（二〇一五）年、全国中小企業団体中央会から発刊された「事業承継問題研究会報告書」（共同）にメンバーとして参画する幸運に恵まれ、平成二十九（二〇一七）年には中央経済社から共著『中小企業のための事業承継の実務』が発刊された。いずれも大野先生の推薦なしでは実現できない栄誉なことであった。

平成三十一（二〇一九）年二月には、『体験的中小企業論』（同友館）を発刊。大野先生の勧めもあり私の体験した中小企業の実相を描いたものである。それはまた、故内野会長への恩返しのつもりで書き上げた内野建設の社史でもある。晩年、内野会長が病床にあってこの本を胸に抱いていたのを見たことがある。会長の頭を去来したものはなにかと思い巡らした時、大学院で学び、こうして著書にしてお見せできたことをうれしく思った。

また、紀國屋書店新宿店に著書が並んだこと、さらにはどこから聞きつけたか建通新聞社から取材依頼の電話があり、三月二十八日（この日は亡き父の生誕百二十年という奇しき因縁の日）に取材を受け、四月十八日に「建通新聞」に掲載、四月四日には地元「練馬新聞」の取材を受けるなど、広く関係者の知れるところとなった。

首都大学東京大学院桑田先生からは「中小企業だからこそ経験できる、一つの組織体の全体像を余すところなく、また生き生きと描き出した力作」、コンパッソ税理士法人の代表・白井輝次税理士からは「社史と学問的裏付けをかみ合わせた大変面白い本」、元取締役のO・Tさんからは「内野三郎様への畏敬の想いは私の想いと同じ……これからも（会社に）良き影響力を与え続けてください……」と励ましをいただいた。

さらにうれしいことは、三月二十九日に、一月既刊の大野先生の著書『東大法学部の真相——元全共闘の証言』（彩流社）と併せ『体験的中小企業論』の出版記念パーティーを第一イン池袋ホテルにおいて開いてくださったことである。

以下は、平成三十一年三月二十九日の日記である。

——年度末の忙しい中での開催ということで出席者の数が危ぶまれたが、大野先生はじめ大学教授、弁護士、司法書士、公認会計士、税理士の士業がほとんどで総勢二十数名であった。妻は、かねてより一度大野先生に「直接お会いしてお礼を申し上げたい」と申していたこともあり、この機会を逃すと今後二度とないと思い同伴した。会場に入ると大野先生がおり、すぐに妻を引き合わせ紹介する。大野先生もうれしそうに談笑されている。私の株も上がったというものである。多く方から祝辞をいただいた。私の交友関係（皆その分野の第一線で活躍されている方々である）を妻に披露することは自尊心をくすぐるものがあった。

そして、サプライズは宴会の途中で次男がひょっこり現れたことである。拙著を携えていたことからサプライズで私を喜ばそうとしていたことが伺い知れた。順天堂の若き脳外科医を最初に辛口評論の大野先生に紹介する。そして、皆さんに紹介して回ると新しい関係性ができたことを素直に喜んでくれた。話が弾んでいる。

しばらくして、謝辞を述べることになり、私が先に壇上にのぼり挨拶する。「この十年は大野先生と出会ってから変革の十年であった」と、続いて妻が登壇する。妻の謝辞は簡潔にして要を得たもので聞きやすかった。さすがに長年管理職にあった者のキャリアが光る一瞬であった。最後は大野先生の挨拶。妻のいる手前、随分私のことをほめちぎっていたが、まんざらでもなく楽しい宴になった。妻の幸福感が伝わってくる。改めて人生の出会いと流転するわが運命に感涙した。——

当初、私は『会社法一七四条』を会長に報告して会社生活に別れを告げるつもりでいた。

首都大学東京大学院を出て六十歳の時に、会長との約束でとりあえず六十五歳まで延長ということで在職していたが、あっという間にその六十五歳を迎えたからである。

ある日、「そろそろ会社を辞めようと思います」と伝えたところ、ちょっと間をおいて返ってきた返事が「ああ、辞めてもいいよ。ただし、俺の葬式を終えてから辞めてくれないか」というのである。〝退職したい気持ちはわかるが、今はだめだ。俺があの世へ行くのを見届けてから辞めてくれ〟という、なんともありがたいご御託宣である。優良中小企業のそれも創業経営者であればこそ言える特例である。サラリーマンとしてこのうえないありがたいお言葉である。「七十までは働けるだろう」「俺よりずーと若いんだから」……。

「はい、わかりました」。

令和二（二〇二〇）年二月、内野会長は八十九年の生涯を閉じた。最初の出会いから四十三年、その晩年の姿は『晩年の素顔』（内野建設、二〇二〇年）にまとめた。会長の奥様へのささやかな私からの贈り物である。

三月二十五日、新型コロナウイルス禍で危ぶまれていた「お別れ会」も、日比谷花壇の細心の感染予防策のもと港区南青山の青山葬儀場でしめやかにして厳かに行われた。弔問者は数百名に及び会長との別れを惜しんだ。

その後も「書に著す」ことが高じて、令和三（二〇二一）年四月には『もの言える老人のための条件——老年書生の境地』を、令和四（二〇二二）年四月には『新・老年書生の境地』を、令和五（二〇二三）年三月には『老年書生のこだわり』をいずれも彩流社（河野和憲社長）のご厚意により発刊することができた。福澤諭吉が還暦のお祝いの席で自らを「老年書生」と名乗ったという、その言い伝えにならい私も勝手に使わせてもらっている。今回の『老年書生かくありき』は、団塊の世代という同世代にありながら、なお、同世代との微妙な距離感のなかで、幼少から現在にいたるまでに体験したできごとを中心にまとめたものである。既刊の老年書生シリーズ三部作を一冊にまとめたようなものである。

人との出会いで運命が変わり、それが新しい出会いを誘いさらに運命が変わる。「流転」。

流れる雲を眺めていると、消えゆく雲あれば生まれ出る雲あり、刻々と変化する造形美に感動し時間の経つのも忘れてしまう。宇宙誕生のその時以来ひとときも留まることのない流転の世界がそこにある。流転はなにも天然自然に限られたものではなく人もまた同様に流転しながら日々の命を繋いでいる。一時たりとも同じことはなく流転しながら繰り返されていく。流れる雲にわが人生を投影する。

人は、誕生から死にいたるまで、それぞれの出会いと運命の中で生きていく。思い通りにことが運べば幸運を喜び、思い通りにことが運ばなければ不運を嘆く。しかし、嵐が吹き荒れているときは、嵐が通り過ぎるのを待ち、海が荒れているときは、波がおさまるのを待つ。決して自身の不運を嘆かず、徳分を磨いて新しい出会いを待つ以外に方法はない。人は流転の中に生きているのだから。わが人生を省りみてはそう実感するこの頃である。

V　わずかばかりの悟り

世界には先人が残した人生訓や処世訓が山ほどある。人生とは何か、人はどう生きるべきか、といった事例に関する含蓄に富んだ言葉である。だれもが共鳴するものもあれば体験者でなければ思いつかない訓もある。以下は、私の体験の中で折に触れて考えさせられた言葉である。先人の言葉に似たものもあれば、独自のものもある。生きるうえで何らかの参考になれば幸いである。

(1)人生は二者択一の連続である

私たちの日常は常に選択の連続のうえに成り立っていると言っても過言でない。すでに習慣化されている動作でも、その日の気分で順序が変わる場合がある。洗顔一つとってもそれが言える。朝、洗面台に向かう。顔を剃る、歯を磨く、育毛剤で頭皮をマッサージする。たったこの三つの動作でありながら、その日の気分で変わる。いつもは、上から下へ、つまり頭髪をブラッシングして育毛剤で頭皮をマッサージする、顔にシェービングフォームを塗って髭を潤し剃刀を当てる。この場合でも感覚的にシェービングフォームより昔ながらの化粧石鹸が剃刀の滑りがよいので、どちらにするか瞬間迷う。歯みがきも歯磨き剤が二、三種類あるとどれを使おうか迷い、さらに歯間ブラシを使うかどうかに迷う。顔を剃った後の保湿剤も簡単な化粧水にするかそれとも栄養クリームやその他シミやしわ予防の栄養分の含まれているものを選ぶか迷う。顔を洗うだけで、これだけの選択のうえに成り立っているのには驚く。

しかし、この例は、人生を大きく変えるほどのものでないから愛嬌で済まされるが、人生の岐路にあってどちらを選択するかはその後の生き様に大きく影響するから安易な判断、妥協は許されない。

最初に直面する問題に進路問題がある。今日、都市部では親の意向で幼稚園や小学校受験からすでに選択は始まっている。しかし、これが中学受験となると、親の意向に加えて本人の学力・希望も重なるから、受験校選びが難航する。

団塊の世代の進路問題は、都市部のそれも一部を除けば高校受験から始まった。まず、高校へ進学できるか（家の経済事情がそれを許すか）中学を卒業して就職するか、高校へ進学するとして普通課程かそれとも職業課程（商業、工業、農業）か。さらに大学へ進学するか専門学校に通うかそれとも就職するかで迷う。

大学受験をして、首尾よく志望の大学に合格できればいいが、不本意な大学に合格した場合には、その大学に入学すべきかあるいは、もう一年受験浪人して再起をはかるか。大学を無事卒業しても、就職先が希望の会社であればよいが、そうでない場合にはどうするか、同種の業種や職種で代替するか、それとも留年して再度挑戦するか、さらには大学院へ進学するか、社会人になるまでにも多くの関門がありその都度選択に迷う。

社会人になっても選択は続く、つきあっている人が二人いたとすれば、どちらを選ぶか。美貌かそれとも教養か、華やかな生活を志向するか質素な生活を旨とするか、相手の職業や収入、学歴、趣味、出身地など多くの要件が選択を邪魔する。住宅の取得でも、持ち家か貸家かは住宅取得をめぐる永遠の難問である。また、理想の子どもの数も、少し経済力がつくと二人、あるいは三人は欲しいと願うようになる。教育も何歳ぐらいから何を習わせるか、自身の体験のなかで成就できなかったことを習わせたいとか、選択は際限なく続く。その他、親との同居、相続、墓の管理に至るまで、人生は二者択一の連続である。

世に人生相談があり、日刊新聞には相談コーナーがあるが、その相談内容はつきつめれば「二者択一」に迷った読者からの相談である。

意思決定は、多数の候補（情報）から一つを選ぶように見えるが、最終期には「二つから一つを選ぶ」ことである。迷わない、後悔しない秘訣は、「どちらが自分に対して引きが強いか」「どちらが心やすらぐか」である。それ以外の誘惑は「欲の加減を知る」ことで切り捨てることだと思っている。

(2)運命は流転する

「万物は流転する」。流転はなにも天然自然に限られたものではない。人もまた同様に流転しながら日々の命を繋いでいる。紀元前六〇〇年頃、ギリシャの哲人ヘラクレイトスが遺したとされるこの言葉は、ともすれば自然界の物質や存在に向けられていると思われがちであるが、人の心も移ろいやすく、一日として同じ心はない。「諸行無常の響きあり」、心もまた流転して止まない。

人は、受胎から死にいたる期間をそれぞれの運命の中で生きていく。「生まれた」といって喜ぶは周囲の者であり、「亡くなった」といって嘆き悲しむのも周囲の者である。本人は、周囲の喜びと、悲しみを知ることはない。

大自然の前に人間は無力であり逆らうことはできない。一寸先のことは人間にはわからない。まさしく神仏の世界である。神の懐住まいであり仏の心に生かされているのである。これらは皆、みずからの流転の中の無常にある。人は宇宙の一単位にすぎず、この宇宙の支配から逃れることは許されない。

波の音にじっと聞き入る
結んでは消え　消えては結ぶ
幾千の昔より　永遠の未来へ
時をきざむように　波は打ちよせる

波の姿は　幾千年同じように見える
きのうの波も　きょうの波も
しかし　波の姿は刻々に変わってゆく
波の音は　歴史を語るように移ってゆく

興亡の歴史は永い　盛衰　浮沈の海は広い
人間生死の波は　こまやかである
興亡　盛衰　老荘　生死
起伏常なき　流転の波を打ちつづける

変わりゆくこの世を　はかなしと見る人
逝く人をいじらしと思う人
消えるからこそ美しと見入る人
それは人とりどりの思いである

――常岡一郎『流轉』より

（3）希望は絶望に近く奇跡によっては実現しない

「希望」と聞くと昭和四十五年にリリースされたシャンソン歌手・岸洋子が歌いヒットさせた同

名の歌(作詞・藤田敏雄、作曲・　いずみたく)を思い出す。

希望という名のあなたをたずねて
遠い国へとまた汽車にのる
あなたは昔の私の思い出
ふるさとの夢はじめての恋
けれど私がおとなになった日に
だまってどこかへ立ち去ったあなた
いつかあなたにまたあうまでは
私の旅は終りのない旅　――一番の歌詞

……

私の旅は返事のない旅　――二番の最後の歌詞

……

私の旅は今またはじまる　――三番の最後の歌詞

この歌からは、結局会いたい人に会えない人生の虚しさ寂しさが伝わってきて、それは諦め、絶望へとつながるシーンを想起させる。ただ留意すべきは、この歌詞の「希望」は恋心を抱いた初恋の異性に限定して解釈するのは狭小と言われるだろう。それは歌う人によって何に例えてもよいと広く解すべきであろう。岸洋子自身、膠原病に苦しみ、その後再起してステージに立ったときには、この「希望」は「健康」を意味したかもしれないのである。私は、このほかに「夜明けのうた」や「恋心」も好きで、ときどき聴いている。同じ東北の出身ということもあり、話す言葉の言い回しに隠しきれない、それも東北人でなければ気づくことができない訛りがあり、それが親しみを覚えるからである。

さて「希望」の本題についてである。私は、「こうありたい」「こうなってほしい」と願う「希望」に、明るく肯定的な意味を感じたことがない。それは、今始まったことではなく、高校生の頃からそのように感じていた。生来の依怙地な性格によるのかもしれないが、「希望」の中に、謙虚さを見出すよりも意志の弱さを露呈しているようで好きになれなかった。そもそも「希」には、めずらしい、少ない、という意味があるから、その「願望」の実現性は低い。また、表面的には控えめを装いながらも「強い願望」が見え隠れしているような場合も好きになれなかった。なぜ、ストレートに願望を言いだせないのか、府に落ちなかった。

「強い願望」は「強い欲望」であり、その実現のためには通常の努力では足りず、目的的意識行動が求められる。「果報は寝て待て」の意識下では、実現は適わない。ましてや奇跡によって実現することなど夢物語である。だから「希望」と言わず、「目的」や「目標」を堂々と掲げて意志を表明する人の方が、誠実で正直な人だと思ってきた。たとえ、それが不成就に終わっても、はたまた不成就を人に笑われ、そしられても、努力の過程は十分に評価に値し素晴らしいと思ってきた。周囲を見渡しても、「希望」を願う人には望みが適えられず「絶望」の中に雲散霧消していく人を多く見かけた。一方、目的的意識行動の人は、「目的」や「目標」を公言することにより、意志をより強固にして、それを実現する人が多かった。

世の中には「奇跡」を念じる人がいるが、それはそれ相応の努力に付随する結果物であり、奇跡に似て奇跡でないことを知るべきである。

（4）旬を逃すと、その回復に十年はかかる

前述の「人生は二者択一の連続である」に通じるが、人生には迷わず決断すべき「旬」があると思っている。一般的に「旬」と言うと、特定の食材が最も美味しい時期、他の時期よりも新鮮に食べられる時期をさす場合が多い。リンゴやミカンやブドウの果物をはじめ、タラの芽やワラビなどの山菜類、ナスやキウリの野菜類、サンマやカツオやブリやアワビなどの魚介類等々、数え挙げればきりがない。旬の物は市場に出回る量が多いことから初物を除けば値段も手頃で、消費者の口に入りやすい。

「旬」には、以上のほかに、広く良い結果物を生み出すための「種まきの時期」をさすことがある。これが人生の設計においては特に重要で、この巧拙がその後の人生の内容に大きく影響してく

る。

　たとえば、一級建築士の資格を得るために受験勉強している社員がいるとする。優秀で同期の中で最初に合格すると思っていた、ところが、なかなか合格に縁がない。二、三年もたついている間に別の同期が合格する、あるいは、自身が学生時代から付き合っていた女性から結婚を所望されるようになり、めでたく結婚するのだが就職して数年経つと、仕事も責任ある立場を任されるようになって、家庭との両立が段々難しくなる。そして、子どもが誕生すると育児や家事が加わり、勉強時間が削られていく。結果、合格にはますます縁遠くなる。これなどは、旬に種をまく時期を見失った結果である。優先順位を決めたら、なにかを制限（犠牲）して集中しなければならないときがある。かつて東進ハイスクールの現代文講師の林修が、同予備校のテレビＣＭの中で発した「いつやるか？　今でしょ！」が流行語大賞を受賞し一躍有名になったが、まさにそれが「旬」である。

　もう一つは、配属・異動にともなう事例を挙げて考えてみよう。海外の取引先Ｘ社から、「商談にあたり一週間以内に社員を派遣してほしい」と要請があったとする。会社は適任者にＡを内定し、Ａに海外出張を命じたところ、パスポートを持っていないという。そこで会社はＡより能力的に劣るＢを派遣せざるを得なくなった。ところがＢが首尾よく商談を成功させて帰国する。それから、何カ月かが過ぎ、同じようにＸ社から派遣の要請があった。この時点でＡはパスポートを取得していた。会社はＡの派遣を希望したが、Ｘ社は事情の知っているＢを指名してきた。この時点で、Ａの派遣の可能性はなくなり、Ｂが唯一頼れる存在となって頭角を現す。

私は社会人になったら「PASSPORTをいつも持っていること」とアドバイスしている。ここで「PASSPORT」とは、文字通りの海外渡航のためのパスポートと狭義に解するのではなく、それは、専門的知識であるとか、競合他社に関する独自の情報など、〝他者に抜きんでた資源〟と広義に解する。

優秀な社員間の競争ほど熾烈である。わずかな躓きも後塵を拝すことになりかねない。〝チャンスは一度限り〟と、心得よ。この旬を逃すと、十年は来ないものと覚悟すべきである。

私は、若い世代に自身のライフプラン（人生設計図）を作成するよう勧めている。四月に入ると卒業したばかりの学生が新社会人として入社してくる。この機会にライフプランの作成の重要性について話している。賢明な会社経営者は、経営理念の下に中・長期経営計画を立てる。この考え方は、個人のライフプランの作成においても基本的には同じである。自身の人生全体が俯瞰できるような、現在から退職、さらに死に至るまでの旬・指標を描いてみる。ただ、一度作成したら変更できないというのではあまりにも柔軟性に欠けるし、逆に頻繁に見直すのでは計画に芯がなく用をなさなくなる。そこで、本人の将来を適度に予感させる程度の幅を持たせた旬・指標を描き。一年毎に（たとえば元旦）その進捗状況を確認し見直す程度がよいと思っている。

(5)それぞれの人生は最高の俳優によって演じられた芸術作品である

私は天邪鬼だから、これまでにNHKの大河ドラマをほとんど見たことがない。唯一例外は、学生時代に山本周五郎のファンがいて、その影響で昭和四十五(一九七〇)年に放送された『樅ノ木は残った』を見たぐらいである。それも連続ではなく、ときどき時間が合えば見た程度である。内容は、江戸時代前期の第四代将軍・徳川家綱の治世に起きた伊達騒動を描いた山本周五郎の同名の小説をドラマ化したものである。

ドラマの中心人物は平幹二朗が演じる仙台藩の重臣原田甲斐である。小・中学生の頃、よく「原田甲斐」「悪家老」などと揶揄されたものである。私の生まれた地区には原田姓が一軒もなかったこともあり、「原田」と「甲斐」が結びつきやすかったのであろう。両親も「原田甲斐は悪家老だった」と認識していたから、その悪評価に変わりようがなかった。ところが、この大河ドラマは、山本周五郎によって「藩のことを考えての行動だった」として評価を反転させたのである。作家の想像力に改めて感服したことを覚えている。

「この大河ドラマの出演者を改めて見てみると、錚々たる俳優が名を連ねていることがわかる。芥川比呂志、江守徹、大和田伸也、岡田英次、香川京子、加東大介、北大路欣也、栗原小巻、神山繁、近藤正臣、佐藤慶、志村喬、田中絹代、西村晃、吉永小百合ほか。往時を知る人には驚きの豪華キャストである。そして、その裏には、脚本家がシナリオを書き、演出家がドラマの方向性、演出のコンセプトなどを固めていく。音楽、演奏、時代考証、技術、美術等の専門家がその知識と技を最大限に発揮している。」

そんなに印象深い大河ドラマをなぜ忌避するのかであるが、本心をいえばあまり大した理由はない。ただ、そもそも、一年間かけて放送する必要性があるのか、せいぜい数回に分けて放送すれば十分だろうと思ってきたからである。ましてや、今日、地球温暖化が叫ばれ、無駄な電力消費を抑えることが課題になっている。深夜放送の見直しも含め、大河ドラマについても再考の時期に来ているように思えてならない。

時代劇については、ときどき時代考証者が史実との違いを指摘するケースがあるが、当然だと思う。作品がいかに史実に従い忠実に再現されたとしても作家の想像力に基づいた創作なのだから、創作物として受け入れるしかない。

どれほどの陣容であっても、描き切れないのが、私たち一人ひとりの人生ドラマである。いかに名優といえども、本人の喜怒哀楽を再現することは至難である。似て非なる創作であって虚構の世界に変わりはない。それでは、それほどまでに再現性の難しい人生ドラマのシナリオを誰が書き、誰が演出しているかである。私は、体験的に、シナリオも演出も生まれた瞬間から、人智の及ばぬ創造主・神によって三分の二ぐらいは、すでにできあがっており、残りの三分の一ぐらいが「わが心次第」で手を加えることができるようになっている、と思っている。

そして、この最高の俳優によって演じられた作品は、全体にわかったような、わからないような題意不明の「芸術作品」であって、当の本人にもよくわからないことが多いのが特徴ではないかと思っている。

(6)老いは突然やってくる

平均寿命が年々伸びている。いつになったら年老いていくのか「若さ」と「老い」の境界がますます不明になってきた。気づけば「老い」に入っていたと思う人が増えているかもしれない。一方、「老い」をできるだけ遅らせようとするアンチエージングの人々の健康に対する関心は一層高まっている。その健康法を尋ねると、それぞれにこだわる健康法がありその多種多様さに驚く。食事法、運動法、瞑想的精神法、宗教的信仰など。そして、多くは自分の健康法が一番であると自負している。

古来、権力者は、今ある権勢を未来永劫持ち続けたくて、あるいは、この世との別れを惜しんで、家臣に命じて不老長寿薬を世界中探させたという話がある。もっとも齢五十年が平均寿命の時代からみれば、いまや百歳まで生きようとする超高齢化社会であるから、不老長寿薬をすでに探し当てたも同然である。

私は、若い頃から老いは静かに忍び寄って来るものと思っていた。人一倍、健康管理には気を配り、独自の健康方法(鼻うがい、歯の磨き方、玉葱臭吸引法など)も継続してきたから、そう簡単には病気にも罹らないと思っていた。実践してきた健康方法は内臓疾患予防にはもちろんその他の健康づくりにも有効であると思ってきた。

しばらくして、この健康方法が骨や筋肉には必ずしも有効に働いていないことを知らされた。令和四年の暮れ、山荘の石段は、しばらく来ない間に大量の枯れ葉で埋もれていた。最初は箒を使って掃いていたが、足でかき集めるのが早いと思い右足を使ってかき集めた。この横着がいけなかった。夕方になって、腰の周りに違和感を覚えるようになった。軽い腰痛である。その後、正月までは腰に負担がかからないよう注意して過ごしたおかげで、腰の調子もよくなり、安心していた。

ところが、正月明け、段ボール類と缶・瓶類を三百メートルほど離れたごみ集積所へ出し終えて山荘に戻ると、右の太腿に力が入らない。すくっと立てたのが立てない。順調に回復していたはずが嘘のように自由が利かない。変わったことといえば、段ボール類を紐で結わえず、右親指と人差し指で摘むようにして運んだことである。これにより右手側に異常に負荷がかかったのでないかと推理した。そして原因不明のまま、腰痛が治癒するまで四カ月もかかったのである。

通勤電車内では一旦座ったら立ち上がるのがつらいから空いていても立つことにした。ときどき席を進めてくれる人がいたが、これほど他人の親切を余計なお世話と思ったことがない。ピップエレキバンを貼り、腰痛・肩こり用の入浴剤を試すがほとんど効きめがない。早めに床に就くのはいいが、起きるときに剣道の竹刀を杖代わりに使用する羽目になったときは、さすがにショックを隠し切れなかった。

自宅近くの整骨院で施術を受ける。柔道整復師は、右太もものハリ、脱力感と痛みは、大腿骨に繋がる関節に原因があるのではないかという。一回の施術は整体と電気治療等で約一時間、しばらく通院することになった。「一病息災」とは聞こえはいいが本当に辛い。妻が書いている書道の課題は、皮肉にも「病可以保身」(病を以て身を保つべし)だ。腰痛で明けた新年には、肝に銘ずべき諫言であった。

一カ月が過ぎても容体に変化がないため、会社の近くにある整形外科医院で改めて診断を受け、治療を継続することにした。痛み止めの服用とけん引が主で、約四カ月通院した。そして、五月のGW前にようやく治癒をみたのである。

腰痛で悩む自身の姿、鏡に映ったわが姿を見たことがあるだろうか。昨日までの背筋が通った精悍な姿はそこにはなく、中腰の背中を丸めたお爺さんの姿である。歩く姿も、歩幅は小さく杖をついて弱々しく頼りない。一瞬にして十歳から二十歳も老けた容貌、それは未来の自身の姿である。思えば、三十代の頃、近隣紛争処理を担当していた二歳上の先輩が、トラブルの収拾適わず、わずか一週間で白髪になった。突然の容貌の変化に驚き、心的ストレスがいかに健康に影響しているかを知らされたことがある。

「老いは静かに忍び寄って来る」という先入観は、たった今捨てることが肝要である。

(7)安易な同情は再起を遅らせる

私は、基本的には他人に同情しないことにしている。冷たいように思われるかもしれないが、安易に他人の悲しみを理解した程度で同情的行為をすると、かえって気分を害させることがある。同情する側は相手の不幸や苦悩をいかに自分のことのように思い、いたわっても、上から目線を隠せないのが心情である。同情には「覚悟」がいる。その人の人生を丸ごと保障するぐらいでなければしない方がよい。

あるとき、それではその覚悟の程はなんで計ればいいかと問われたことがある。私は即座に「小指の第一関節を切断するぐらいの覚悟だ」と答えたら、「そんな大袈裟な」と笑われた。しかし、私の「覚悟」は、それぐらい命がけの覚悟である。かつて、解雇処分された人を守ろうとして解雇権の乱用だと言って会社に掛け合った人がいる。当初は多くの賛同を得ていたが、次第に運動は下火になり、解雇処分された本人は会社を去っていった。期待を抱かせた分だけ再就職の機会を失い、会社に掛け合った人への恨みだけが残った。

人は誰もが触れられたくない問題を抱えている。例えば、仕事外では、結婚して何年にもなるが子どもができない、不妊治療中である、子どもに障害がある、子どもがいじめにあっている、子どもが不登校している、子どもが家の中に引きこもって外に出ない、子息の就職が決まらない、持病をかかえている、家族が認知症にかかっている、親の介護をしなければならない、夫婦喧嘩が絶えない、ＤＶに怯えている等、また、仕事上でも、失敗が多くよく上司に叱られる、仲間から当てにされず信頼されていない、管理職に昇任できない、給料が上がらない等、挙げれば切りがない。しかし、これらへの有効な手立てではない。だからといって、安易な同情は禁物である。

安易な同情は、本人の再起の芽を摘むことになりかねない。依存性が高じて社会復帰ができなくなる可能性だってある。もちろん、こうした考えを極論だと言って、もっと気楽に相手の悩みに耳を傾け、聞いてあげるだけで苦悩は和らぐとか、寄り添うのが人の道であると説く人もいる。また、宗教的信仰をお持ちの方からは、上から目線を否定され、相手の悲しみを自身の悲しみのごとくに感じること、共感することで他人を救済できると言う方もいらっしゃる。しかし、同情は共感と似て非なるものである。

むしろ、相手との間に、一定の距離をもって静かに見守る。そして再起すること、自立することを陰ながら念じる。この距離感こそが大事で、とりわけ職場の人間関係を良好に保つために有効である。

(8)他人の喜びを喜べる人は一%もいない

人は「喜怒哀楽」という感情を日々織り交ぜながら生活している。この四文字の並びから推測すると、一番感情として現れやすいのが「喜ぶ」ことだと思うのだが、これは自身の内的は感情の場合であって、他人に対する外的な感情の場合では異なるような気がしている。その例が、「人の喜びを喜べる・悲しみを悲しめる人」がいかに少なく、いかに難しいかということである。

求められる品性のうちで最もハードルが高いのがこの品性である。言葉にすれば簡単である。人が喜んでいることがあればそれを心から喜び、人が悲しみに瀕していれば一緒に悲しんであげる。しかし、その心境に辿り着けないのである。おそらく、その境地は「無心・無欲」であろうと思っているが、容易にたどり着けない。

古稀を過ぎてわが半生を振り返ると、還暦を迎えた六十歳頃までは、内なる闘争心というか競争心がメラメラと燃え、同世代の行状には特に関心をもって見ていた。それは身近な誰かではなく、マスコミに登場してくるその時々の人物や政治家などに向かっていた。

「こいつは、中学時代は、○○（級友）のタイプだな、おそらく頭のできも○○程度であろう。だから、こいつは、おそらく、次にこんなことを考え行動するだろう」と行動予測して楽しんでいた。劣等感の裏返し、下衆の勘繰りである。

一方、社員の事情については、淡々に受け入れていた。言葉を替えれば「無感動であり無慈悲な」感情である。例えば、「だれだれさんのお子さんが、有名中学に合格した、有名大学に合格した、一流企業に就職した」「だれだれさんがマイホームを購入した、新車を購入した、夏休みを利用して海外旅行をした」「だれだれさんが結婚する、だれだれさんにお子さんが生まれた」と聞けば、「そりゃよかった」と言い、「だれだれさんのお父さん、お母さんがお亡くなりになりました」「だれだれさんのお子さんが交通事故に遭って入院しました、だれだれさんが末期がんらしいです」と聞けば、「お気の毒に」と言いつつも、それ以上に想念を深めることはなかった。

そもそも、人の喜びを喜べる人は一%もいないと思っていた。なぜなら、いわゆる勝ち組は、格差を憂いながらも内心、上位にあることを喜び、後塵を拝した者を下に見る。反対に、敗者は、競争で敗れたことによる辛酸をなめ、日々の暮らしを憂い、悲しみや憤りが先行して、勝者を心から喜ぶ気持ちにはなれない。人の運命は流転すると信じていても、他者との比較は、目の前にある現実の比較であるから遠い将来を見据えることができない。

数学者で文化勲章受章者の岡潔は、幼少から祖父に「人を先にし、自分を後にする」ことを言い聞かされて育ったと述懐している。「人の喜びは、かぞえ年五つでややわかる。しかし人の悲しみが一応わかるのは小学校三、四年です。……十分わかるということは、人が悲しんでいるから自分も悲しくなる、悲しくなることがわかると自分も悲しくなるということです。……自分と人との区別ができるようになると自分を先にとって人をあとにまわすという本能があります。これを抑えて、人を先にして、自分をあとにするというしつけをすればよいのです、それが道義の根本なのです」(『岡潔集 第三巻』学習研究社、昭和四十四年、二九六頁)。この品性は幼少期に意図的に教え込む必要があり、時機をはずせば体得することが難しくなることを示唆している。

ところが、六十歳を前にして、私の心境はがらりと変わった。人というものは実に我儘で身勝手なものだと思い出しては恥じる一例である。

人がなにかに挑戦しそれが成就したと聞けば素直に喜び、勝利に導いた過程・苦労話を詳しく知りたくなって尋ねた。尋ねられた彼(彼女)は一層、誇らしげに事の一部始終を語る。私が「自慢話はそれだけ？」と合いの手を入れるものだから、今度は失敗談も交えて話す。それで周囲が爆笑する。実によい雰囲気が生まれてきた。他方、失敗して打ちひしがれている人や、悲しみにくれている人には、自分の失敗談や悲しみを包み隠さず告白するようにして勇気づけた。年を重ねると、同種の失敗や苦労、悲しみは経験していることが多いから、そこから抜け出す道を伝えることができたのである。

それでは、なにが、私を変えたのかである。六十歳を前にして、私は、幸い、大学院で経営学修士（ＭＢＡ）を取得することができた。それまでも仕事の評価は比較的高かったが、六十歳定年後の姿がぼやけて自信をなくしていた。「少しぐらいできるからと言われたって、世間で通用するはずがない」と、その打開の道を探して悩み苦しんでいたときに亡き部下のＯ君と妻が大学院での再学習を勧めてくれたのである。

自分が満たされているという状態、学ぶことへの躍動感、うれしい気持ちは他者の喜びをそのまま受け入れている心の余裕に変わった。原理は「他人と比較しない」ことである。自分に求めるものが具体化すれば、その実現に向かって進めばよい。その進み方はそれぞれ皆違ってよい。かつて品質管理の第一人者・朝香鐵一先生が「富士山へ登る道は幾筋もある。自分の体力に合わせてもっとも合理的な道を選ぶこと、選んだ以上は必ず登頂すること」を説いていたが、改めて実感したのである。

自分が幸せでなければ他人の幸せ、喜びを喜ぶことは難しい。一方、悲しみに余計な励ましは要らない。必要に応じて寄り添うだけでいい。後は、本人が（泣いて、涙して）心の整理がつくのをじ～と待ってあげることが一番だと悟ったのである。

（9）未完を悔やまず、未完は来世への神からの贈り物

「求道・宗教心のめざめ」（Ⅱ、5）で、二十歳の頃に抱いた世界観・宇宙観、そして「生と死」、「死と生」の連続性についての死生観を述べたが、基本的にはこの考えは今も変わっていない。したがって、「マクロの生と死」も、悠久の時間のなかで繰り返されるのだろうと考えている。これに「出直し」観が味方するから、一層、心を強くすることができる。

天理教では、死ぬことを出直しと言う。このことを更衣にたとえて、古い着物をぬいで新しい着物を着るようなものだと言う。普通、死は一回限りと考えるから、死の恐怖というものがあると思うのだが、何度も生まれ変わり出変わりするのだから死の恐怖というものはなくなる。また、人生一代限りでないと考えると、頽廃的な生活や狭苦しい人生観は自然と消えてゆく。

そして、私のように、来世は、現世での持ち点を携えて再出発するのだと考えると、やり残したことを悔やむのではなく、むしろ、このアドバンテージが来世では、なにに、どのように、影響を及ぼし展開するだろうか、「どんな新しい着物を着て現れるのだろうか」に、想いは変わっていく。たとえば、高校時代に描いた添乗員となって世界を見てみたい、世界の風俗や文化に触れてみたいという夢はみごとに消え、結局、外国語は一カ国語もまともに話せずに終わってしまったが、「今の能力」（ＴＯＥＩＣ六百点）を持って再出発するのだと思うと、どの程度のことができるのだろうかと、興味が尽きないのである。

今から二十年以上も前だと思うが、ＩＢＭが社内で管理職（部長職）に昇進する条件としてＴＯＥ

ＩＣ六百点を持っていることを定めたという新聞記事を見た。しばらく英語から離れていた私は、さて現在の実力は何点ぐらいだろうかと受験してみた。試験会場は若い世代（二十代から四十代）でいっぱいで、五十を過ぎた受験生には居心地の悪い試験だった。会場の門をくぐるとき守衛さんが、試験官と間違えたようで「ご苦労様です」と声をかけてくれた。結果はきっかり六百点だった。しかし、このレベルは自分の意思を明確に伝えることができない、あいまいなスコアであって、「日常英会話ができることの証明」よりも、「日常英会話ができないことの証明」だと勝手に判断したことを覚えている。その後、再挑戦はしていない。なぜなら年輩者には居ずまいの悪い試験会場での受験など、二度と体験したくないと思ったからである。

人によって、いろいろな未完・未完成品があると思うが、ぜひこの状態で現世が終わることを後悔するのではなく、神から贈られた来世へのパスポートだと思って、気を楽にして生涯を全うすることが肝要だと思っている。

（10）慕情とともに去りぬ

「慕情」と聞くと、私の年代は一九五五年製作のアメリカ映画『慕情』（love Is a Many, Splendored Thing）を思い出す。哀切なメロディがいつまでも脳裏にあって離れない。かれこれ七十年近い前の作品である。

ストーリーは、一九四九年（私が生まれた昭和二十四年）、第二次大戦直後の香港が舞台。中国とイギリスのハーフの女医ハン・スーインは、病院勤めを続けながら、祖国である中国へ帰国する機会を伺っていた。スーインの夫は中国国民党の将校だったが戦死し、中国は敵である共産党に支配されつつあった。しかし、孤独なスーインは医者として中国の貧しい人々に尽くすという思いに生きる希望を見出していた。そんな時、アメリカ人の特派員マークと知り合い、二人は恋に落ち、結婚を意識し始める。だが、マークには別居中の妻がおり、二人の関係は香港の白人社会や病院上層部にスキャンダル視された。離婚の話し合いの難航する中、朝鮮戦争の取材を命じられるマーク。スーインは居づらくなって病院を辞め、友人宅に身を寄せ、マークの帰りを待ち続けた。しかし、そこに届いたの、マークの戦死の知らせだった。（Wikipedia）。

映画は、未亡人の医師と妻帯の特派員の淡く切ない大人のロマンスを描いているが、今日では、二人の社会的地位の高さもあって、より直截的に「不倫」映画として、社会の非難を浴びたかもしれない。二〇一〇年、ロケ地となったビクトリア湾に面したレパルスベイを訪ねてみた。そこには南の太陽に煌めく砂浜と海の碧さが広がり、適わぬ恋が強調されて、戦争の犠牲となった二人の流転する運命に心魅かれるものがあった。

「慕情」を大辞泉で引くと、「慕わしく思う気持ち、特に異性を恋い慕う気持ち」とある。私は、この意味合いの、相手を恋い慕う気持ちが、晩年には特に必要であると思っている。相手を愛おしく思う気持ちは年を重ねるにつれて微妙に変化していく。若い男女には「熱情」がふさわしく、家庭を持つことで「包括的な家族愛」に変わり、やがて老境に至り再びその対象は夫や妻に向けられていく。互いを慈しむ心。この慈しみの心で互いに向き合う、それが「慕情」であると思っている。

　青壮年時代、勢いがあり力のある者は、おしなべて自分の力を過信して弱い者に対して支配―被支配の関係を築こうとするが、老境に至りそれが無為であることを知らされる。みな、それぞれが最適と思って歩んできた人生であるが、人生の黄昏は、夫婦互いが慈しみの心に包まれた日々を送り、静かに去っていく。これが最高の幸せだと思っている。

あとがき

無気力と不安の中で、わが来し方をどう記録すべきか悩んでいた矢先に「法政大学卒業五十年記念行事」の案内が届いた。最初は躊躇していたが意を決して出席することにした。そこに見たわが母校は、立て看板が並び、ヘルメットをかぶりマイクを手に改革を訴える学生の姿はなく、大学紛争で荒廃した当時からは想像もできないほどに自由で伸びやかなキャンパスライフを謳歌している学生の姿であった。

記念行事に出席し、法政大学の草創期から現在までの歴史を知るに及び、自身もまた、どんな人生を送ったかを改めて書き残しておきたいと思った。

記念行事の出席がきっかけになって、ようやく『老年書生かくありき』にたどり着いた。それは、団塊の世代に生まれた自身についての回想であるが、同じ団塊の世代にありながら、彼らとの間に微妙な距離感があり、それが何に起因するのかを探るための記憶の再生でもあった。

令和五年の秋、私たち夫婦は結婚五十年を迎えた。大学卒業から五十年。今日から見れば早婚であるが、生きる自信にあふれていた私には年齢にこだわりはなかった。その記念に大分県にある宇佐神宮（全国に四万社余りある八幡社の総本宮。境内に弥勒寺を建立するなど、いち早く外来の仏教を取り入れ神仏習合文化を成立させた）に参拝し、来し方に御礼し、行く末を祈願する企画を元旦に立てていた。

ところが、肝心の「老年書生」の生みの親、福澤諭吉のゆかりの地、中津が至近にあることを知らなかった。

福澤諭吉の旧居は大分県中津市にあり、宇佐神宮からは車で四十分前後の距離である。

福澤諭吉は、大阪の中津藩蔵屋敷で十三石二人扶持の下級武士の次男として生まれた。旧居は、一歳六カ月のとき父と死別し、母子六人で中津に帰郷、貧しくとも信念をもった青年期を過ごした木造茅葺平屋建ての建物である。困窮の中、十四、十五歳ごろから勉学にめざめ、のちには儒学者白石照山の塾で学んでいる。離れには、勉強部屋にしていた木造瓦葺二階建ての土蔵も残っているが、あいにく見学できなかった。しかし、わずかな灯りをとりながら勉学に励んだ様子は容易に想像できた。併設してある資料館には数々の功績が展示されている。『学問のすゝめ』『西洋事情』『文明論之概略』などの原本が並び、中津市に贈呈された一万円札の第一号紙幣も陳列されている。私は福澤翁の薫陶を受ける「老年書生」になった気持ちで、旧居を見学できたことを神に感謝した。

旅の最終日、大分県杵築市にある杵築城とその城下町の街並みを散策した。杵築城はもちろん初めてで、その存在すら知らなかった。二日間にわたる長距離運転で腰に違和感があり、大分空港に近いところを探していて目に留まったのが杵築城である。

杵築城の見学では、思いもかけないサプライズが待っていた。『老年書生かくありき』の執筆は、法政大学卒業五十年記念行事への出席がきっかけであるが、その大学創立者である「金丸鐵」「伊藤修」が杵築市出身であること知ったのである。杵築城に向かって城山公園を歩いていると左手に顕彰碑が立っている。何気なく見ると「法政大学創立者顕彰碑」とある。「わが国近代法学の普及と発展に大きく寄与された」偉人であり、いずれも杵築藩士であった金丸鐵二十八歳、伊藤修二十三歳の功績を讃えた顕彰碑である。その若さにただ驚き、碑の傍に立ってカメラに納めた。顕彰碑の裏面には、建立にあたり顧問を務めた中村哲元総長（学生時代の総長）、同じく青木宗也元総長（学生時代、労働法を学んで）の名が連ねてある。そして、杵築城天守閣には金丸鐵、伊藤修の功績と法政大学を紹介するコーナーが設けられており、それがまた心を揺さぶった。

それにしてもこの九州大分から福澤諭吉といい、金丸鐵、伊藤修といい、素晴らしく先見の明ある教育者が生まれたものである。それも中津と杵築は至近である。東京六大学のうち慶應と法政、偶然とはいえ若き藩士たちの強く高い志を知る思いであった。

今も残る武家屋敷の街並みは小京都と呼ばれ和服姿が似合う街と言われている。実際、和服姿で坂を下りてくる数名の女性たちに出会ったが、たしかに武家屋敷にはよく似合う。

私たちは武家屋敷の一軒、能美家に入り、しばし庭の情趣を楽しんだ。そして、今回の『老年書生かくありき』が、福澤諭吉―法政大学卒業五十年記念行事―杵築城―法政大学創立者：金丸鐵・

伊藤修とつながり、書く裏付けが取れたようなうれしい気分になった。

令和五年晩秋

杵築城　天守を照らす　秋の月

伊豆　宇佐美にて

著者識

【著者】 原田國夫　（はらだ・くにお）

1949年生まれ。1973年法政大学法学部卒業。首都大学東京大学院社会科学研究科博士前期課程経営学修了（MBA）。筑波大学大学院ビジネス科学研究科博士後期課程単位取得退学。日本中小企業学会会員、東京都土木建築健康保険組合互選議員ほか。現在、内野建設株式会社参与。著書に『会社法174条』（同友館 2014年）『中小企業のための事業承継の実務』（共著）（中央経済社 2017年）『体験的中小企業論』（同友館 2019年）『晩年の素顔』（内野建設 2020年）『もの言える老人のための条件』『新・老年書生の境地』『老年書生のこだわり』（いずれも彩流社）「事業承継問題研究会報告書」（共同、全国中小企業団体中央会 2015年）等がある。

Sairyusha

老年書生《ろうねんしょせい》かくありき

二〇二四年四月十四日　初版第一刷

著者――原田國夫
発行者――河野和憲
発行所――株式会社 彩流社
〒101-0051
東京都千代田区神田神保町3-10大行ビル6階
電話：03-3234-5931
ファクス：03-3234-5932
E-mail：sairyusha@sairyusha.co.jp
印刷――明和印刷（株）
製本――（株）村上製本所
装丁――中山銀士＋杉山健慈

ISBN978-4-7791-2963-6　C0095
https://www.sairyusha.co.jp